KB271970

모든 생명은 지키는 것이다

모든 생명은 지키는 것이다

모든 생명은 지키는 것이다

농부와 소설가가 심은
한 알의 진심

이동현·김탁환 지음

해냄

天依人 人依食

萬事知 食一碗

하늘은 사람에 의지하고

사람은 먹는 데 의지하나니

만사를 아는 것은

밥 한 그릇을 먹는 이치를 아는 데 있느니라

— 해월 최시형, 「천지부모」

들녘의 마음을 담아

저는 지난 이십 년 동안 섬진강이 흐르는 곡성의 논과 밭에서 씨앗을 관찰하고 흙을 만지며 살아온 농부입니다. 발아현미 생산 현장을 연구실 삼아온 과학자이자, 건강한 밥상을 고민하며 미실란 식구들의 삶을 책임지는 대표이기도 합니다.

일본에 유학 가서는 동물의 장내 미생물을 분리하고 연구하는 일을 했습니다. 면역과 장, 생명과 공존에 대한 질문이 그때부터 제 삶의 중심에 자리 잡았습니다. 귀국 후에는 대학에서 연구를 이어가고 싶었지만, 인생은 연구계획서처럼 흘러가지 않았습니다. 귀국 직후 맞닥뜨린 둘째 아들의 심각한 아토피와 어머니의 위암 말기 진단은 삶의 방향을 완전히 바꾸어놓았지요. 사랑하는 존재들이 고통받는 모습을 지켜보며 다시 묻게 되었습니다.

사람을 살리는 음식은 무엇인가.

늘 먹어도 몸에 부담이 없는 밥상은 가능한가.

이 질문을 품고 곡성에 정착했습니다. 병을 고칠 뿐만 아니라 매일같이 먹어도 건강을 해치지 않는 먹을거리를 연구하며 생산하고 싶었습니다. 그렇게 만난 것이 발아현미입니다. 발아현미는 단순한 곡물이 아니라 생명을 깨우는 힘을 품은 밥입니다. 이를 제대로 만들기 위해서는 농업을 처음부터 다시 배워야 했습니다. 기후와 토양에 맞는 품종, 흙의 생명을 살리는 친환경 생태농업 없이는 진짜 발아현미도 없다는 사실을 깨달았습니다. 그렇게 미실란의 유기농 발아현미는 탄생했습니다.

쉽지만은 않았습니다. 효율과 속도를 중시하는 세상에서 이 길은 느리게만 보였습니다. 경제성이 떨어진다는 비판도 자주 받았지요. 그럼에도 포기하지 않았던 이유는 분명했습니다. 제 신념을 의심하지 않고 곁을 지켜준 아내와 두 아들, 손해를 감수하면서도 친환경 농업의 길을 함께 걸은 농부들이 있었기 때문입니다.

농사는 계절을 앞서갈 수도 없고 절기를 건너뛸 수도 없습니다. 소한과 대한의 고요 속에서 한 해를 준비하고, 입춘과 곡우의 기운을 따라 씨앗을 깨우며, 망종과 하지의 분주함 속에서 생명을 땅에 맡깁니다. 추분과 상강을 지나 다시 겨울로 향하는 시간을 기록하는 일, 이 책에 담긴 농사일기는 그렇게 절기를 따라 써 내려간 삶의 메모입니다.

오 년 전에는 또 하나의 인연이 제 삶에 새로운 씨앗을 심어주었습니다. 미실란에 우연히 들른 김탁환 작가와의 만남이었습니다. 그는 제게 글을 가르쳐주었고, 저는 글을 통해 농업과 삶을 다시 바라보게 되었습니다. 이 인연 덕분에 농사는 이야기가 되었고, 이야기는 사람과 마을을 잇는 다리가 되었습니다. 고마운 마음을 이 자리에 남깁니다.

이 책은 성공의 기록이 아닙니다. 아픈 가족을 살리고 싶었던 한 연구자의 선택, 기후위기의 시대에도 자연과 공존하는 농업을 포기하지 않겠다는 한 농부의 다짐, 그리고 농촌이 다시 희망이 될 수 있다고 믿는 한 지역민의 고백입니다.

오늘도 저는 씨앗을 고르고 논 흙을 만집니다. 면역력을 높이는 밥상을 고민하고, 자연을 해치지 않는 농사를 짓고, 농촌이 다시 행복해질 수 있다는 믿음을 품습니다. 이 이야기가 한 그릇의 따뜻한 밥처럼 여러분 삶에 가닿기를 바랍니다.

2026년 4월
씨앗의 마음에서
이동현

차례

1월
소한과 대한 .... 고요한 것들의 분주함

2월
입춘과 우수 .... 야생의 힘은 끈질기다

1월
소한과 대한

고요한 것들의 분주함

1월의 들녘은 열두 달 중 가장 차갑고 제일 적막합니다. 해가 다시 길어지기 시작하지만, 추위는 오히려 심한 때가 소한小寒과 대한大寒입니다. 논바닥도 단단히 얼어 있지요.

농사일이 잠시 멈춘 듯 보이지만 농부의 시간은 이때부터 분주해집니다. 소한에는 지난 농사를 돌아보고, 대한에는 다음 농사의 방향을 그려봐야 하거든요. 땅이 충분히 얼어야 병해충이 줄고, 겨울을 제대로 날수록 흙이 더 건강해진다는 것을 농부는 경험으로 압니다.

소한과 대한은 아무 일도 일어나지 않는 시간이 아니라, 한 해 농사의 기초가 조용히 다져지는 절기입니다. 얼어 있는 들녘 아래에서 생명들이 봄을 준비하듯, 농부 또한 이 가장 추운 시간을 견디며 다음 계절을 준비합니다.

겨울 들녘에서 사계절을 준비하며

섬진강가 곡성에 들어와 농부로 산 지 십육 년이 흘렀습니다. 농부로 살아가는 삶은 그 무게가 상상한 것보다 훨씬 무거웠지만, 그래도 봄, 여름, 가을, 겨울 365일 한결같은 마음으로 이겨내다 보니 이젠 제 몸이 자연과 많이 닮은 것 같습니다.

이곳 미실란은 저처럼 생태적 삶을 지향하는 사람들이 함께 농사짓고 일상을 보내는 공간입니다. 건강하고 평화로운 지구를 꿈꾸면서요. 2020년 가을, 에세이 『아름다움은 지키는 것이다』를 출간한 김탁환 작가는 이듬해 곡성으로 내려왔습니다. 집필실까지 옮겨 저와 함께 논농사와 텃밭농사를 짓고, 어설프게나마 정원 가꾸는 일을 하고 있지요.

문득 미실란에서 지금까지 일구어온 농사를 돌아보고 싶다는 마음이 들었습니다. 또 지금까지 제 곁에서 저와 함께 같은 길을 걸어 준 사람들을 소개하고 싶었습니다. 그리하여 이곳의 사계절 농사 풍경을 여러분께 보여드릴까 합니다. 먼저 1월의 벼 이야기로 시작해 봅니다.

봄과 여름 사이, 겨우내 얼어 있었지만 고요하게 움직였던 작은 생명들의 공간을 경운(논갈이)하여, 30여 일간 건강하게 잘 자란 어린모들이 뿌리내리기 좋게 흙을 만들어놓습니다. 초여름, 어린모를 품종 연구 논에 직접 한 촉 한 촉 30센티미터 간격으로 조심히, 흙에게 잘 부탁한다는 말과 함께 엄지와 검지 그리고 중지를 모아 모를 심습니다. 벼들이 바람과 햇볕과 잘 소통할 수 있는 최적의 공간이 어디일까를, 인간이 아닌 벼의 편에서 고민하면서요.

여름, 논은 수많은 미생물과 물속 생물들, 물 위 생물들까지 정말 다양한 생명들의 놀이터이자 생존의 터전이 되어 벼와 사이좋게 공존하며 작은 지구를 만듭니다. 당연히 잡초도 함께 자랍니다. 제초제를 두 번 정도 치면 농부는 논에 들어갈 일이 없지만, 그렇게 했다가는 지구의 중심인 생명들을 다 잃어버리지요. 그래서 우렁이를 넣어줍니다. 우렁이가 부지런히 잡초를 먹어치우긴 하지만 우렁이가 다 못하는 부분에는 미실란 식구들이 들어가 한여름 동안 잡초와 사투를 벌이곤 합니다.

가을, 변화무쌍한 자연과 함께하다 보면 어느 해는 식물병들과 해충들이 벼를 힘들게 하여 수확량이 급격히 감소합니다. 그래도 늘 그런 것은 아니기에 추수철이면 농부는 마음이 흐뭇해집니다.

일 년 농사를 마무리할 수 있게 해준 하늘에 감사할 따름입니다.

거울, 들녘은 정말 고요합니다. 흐린 날은 적막하기까지 합니다. 언 땅 위에도, 언 땅 아래에도 얼어 멈춰 있는 것처럼 보여도 씨앗들은 생명을 품고 싹틔울 준비를 하고 있답니다. 우리도 언 마음 잘 다독이며 희망의 봄을 준비하면 좋겠습니다. 한 톨의 볍씨가 추운 겨울을 잘 이겨낼 때, 건강하게 발아하듯 말입니다.

2022

그루터기에서
어머니의 마음을 봤습니다

지난해 수확한 볍씨를 적당한 온도와 습도에서 싹틔웠습니다. 싹이 자라면 모판에서 키운 뒤 논에 모를 옮겨 심지요. 그렇게 한여름까지 정성껏 벼를 키웁니다. 물론 벼를 키우는 건 농부만이 아닙니다. 논의 무수한 생명들이 더불어 살피지요.

뜨거운 태양 아래 흙의 기운을 받으며 잘 자란 벼들은 늦여름부터 건강한 이삭을 세상 밖으로 내보냅니다. 밤낮 기온차를 느끼며 벼는 노랗게 익어가고, 들녘에 시끌벅적 농기계 소리가 분주해지면서 가을 추수가 시작됩니다. 찬 바람 불기 전 추수를 마무리하고 나면 논에는 깊은 고요가 찾아오지요.

한 알의 볍씨가 발아하여 땅에 정착하면 스무 개가 넘는 줄기(분얼)를 키워냅니다. 그 줄기마다 많은 이삭을 맺습니다. 우리가 먹는 귀한 쌀이 만들어지지요. 그리고 마지막 남은 흔적이 벼 그루터기랍니다. 아이의 탄생을 위해 말없이 자신의 모든 것을 내어주는 어머니처럼, 들녘의 흙도 우리의 식량인 쌀을 키워내며 모든 것을 내어주었습니다.

고요하고 적막한 들녘에는 수많은 벼 그루터기들이 찬 바람을 맞으며 겨울을 지냅니다. 생명이 없는 듯 비어 보이지만 벼 그루터기는 사실 땅속에서 추운 겨울을 이겨내고 있는 수많은 생명들에게 귀한 존재입니다. 벼 대롱을 통해 공기를 머금으며 온기를 제공해 주는 역할을 하거든요.

지난 달 동짓날과 성탄절 전야에는 많은 눈이 내렸습니다. 산도 강도 들녘도 하얀 눈으로 뒤덮였지요. 매서운 찬 바람과 낮은 기온이 이 주 동안 지속되어 하얀 눈이 미실란 정원과 들녘에 꽤 오래 머물렀습니다. 최근 들어 날이 다시 풀리며 벼 그루터기 주변부터 눈이 아주 천천히 녹기 시작했습니다. 그리고 엊그제 내린 겨울비에 들녘의 눈이 모두 녹아 땅속으로 젖어들었습니다.

눈비와 바람을 맞으면서도 굳건하게 논 생명을 지켜주는 벼 그루터기가 참 고맙습니다. 날이 따뜻해지면 논갈이하는 트랙터에 갈려 흔적이 사라지겠지만, 다음 세대의 벼가 잘 클 수 있도록 좋은 거름이 되어 지구의 생명 창고 들녘을 품어줄 것입니다. 길을 걷다가, 차를 운전하다가 벼 그루터기를 만나면 그 자리에 있어줘서 고맙다는 마음을 꼭 전해 주세요.

2023

현미? 쌀의 변종 아닌가요?

논바닥은 눈비가 반복해서 내린 탓에 촉촉하게 젖어 있습니다. 저는 겨울철이면 항상 사무실에 먼저 나와서 미실란 식구들이 출근하면 따스운 온기를 느낄 수 있게 온풍기를 켭니다. 그러곤 어느 날은 커피를, 어느 날은 현미통차와 흑미통차를 제 방식대로 블렌딩해서 한 모금 마시며 들녘을 바라보면서 하루를 시작하지요.

새해가 되면 처음 이 일을 시작했던 순간이 떠오릅니다. 어머니의 위암과 둘째 아들의 아토피를 치료하기 위해 만든 발아현미와 발아현미로 가공한 미숫가루를 들고 전국에 홍보하러 다녔지요. 한 해 동안 12만 킬로미터를 달린 적도 있습니다. 그 마음에 기대어 또 한 해를 부지런히 시작해 봅니다.

최근 미실란 쌀가루를 이유식용으로 판매하고 있는 협력업체를 방문했습니다. 젊고 유능한 대표와 직원들의 활기가 넘치는 업체였습니다. 우리 쌀의 의미와 가치를 지키기 위해 더 단단히 뭉치자며 가진 미팅이었습니다.

대화를 나누다가 사람들에게 발아현미를 알리는 것이 얼마나 어려운지에 대한 이야기가 나왔습니다. 거래처 대표님이 그 자리에서 바로 테스트를 해보자며 지나가던 직원을 불러 질문했습니다.

"○○님, 현미가 뭔지 아세요?"

그랬더니 질문을 받은 직원이 "쌀의 변종 아닌가요?"라는 답변을 하더군요. 저를 포함해 같이 간 미실란 직원들은 크게 놀랐습니다. 소비자들에게 발아현미는 여전히 익숙하지도, 잘 알지도 못하는 곡물이라는 걸 뼈저리게 느꼈지요. 미팅에 참석한 분들도 미실란을 알고 나서야 9분도 백미, 현미, 발아현미의 차이를 이해했다고 했습니다. 그전에는 쌀에 대해 관심이 별로 없었다고 솔직하게 이야기를 해주시더군요.

농업 기반 산업에서 경공업 화학산업으로, 자동차와 반도체 산업으로, 이제는 스마트폰과 AI 산업으로 사회가 급격하게 변하면서 우리가 가장 중요하게 여겨야 하는 '농업'과 '쌀'의 이야기가 어느새 우리 곁에서 너무 멀어져버렸습니다.

요즘 농촌 지역에서는 건강한 밥상문화를 지켜온 유명 밥집들이 문을 닫는 상황이 늘어나고, 수입 밀로 만든 빵과 다디단 디저트 카페가 도시와 농촌 가릴 것 없이 우후죽순 생기고 있어 마음이 아플 따름입니다.

인스턴트 식품과 밥이 아닌 디저트를 선호하는 식문화가 지속되면, 국내 쌀 산업뿐만 아니라 국민들의 장 건강과 면역력에 심각한 문제를 가져올 것입니다. 국민의 건강한 삶을 위해 식생활 개선 방안을 적극적으로 모색하고 우리 쌀과 곡식 그리고 음식문화에 대한 인식을 바꿀 제도와 정책이 수립되어야 할 것입니다.

이 미팅을 통해 많은 것을 깨달았습니다. 대중이 쌀에 대해 어느 정도 알 것이라고 여겨온 기준부터 바꾸기로 마음먹었습니다. 오늘 아침 책상 앞에 앉아 있는데 책꽂이에 있는 심훈 작가님의 『상록수』가 눈에 띄더군요. 젊은 날 읽고 한동안 보지 않았던 책이었습니다. 암울한 식민지 시대 농촌 계몽 활동을 펼치며 헌신한 채영신과 박동혁, 그리고 그 시대의 농촌 이야기가 담긴 『상록수』를 다시 읽으며 마음을 다잡았습니다.

갱생의 광명은 농촌으로부터
아는 것이 힘, 배워야 산다.
우리의 가장 큰 적은 무지다.
일하기 싫은 사람은 먹지도 말라.
우리를 살릴 사람은 결국 우리뿐이다.
과거를 돌아보고 슬퍼하지 마라.
그 시절은 결단코 돌아오지 아니할지니,
오직 현재를 의지하라. 그리하여 억세게,
사내답게 미래를 맞으라!

채영신이 행동 강령처럼 써놓은 슬로건을 읽으며 생각했습니다. 건강한 생태계의 보고인 논 습지의 중요성과 건강 밥상을 지킬 수 있는 발아현미는 변종 쌀이 아니라 우리가 꼭 먹어야 하는 먹거리라는 것을 더 널리널리 알려야겠다고 말이죠.

건강한 농업을 기반으로 농촌에 문화예술이 꽃을 피우는 세상을 꿈꾸며, 매일 아침 벼 그루터기가 펼쳐진 들녘에서 21세기에 어울리는 '상록수'가 되겠다 다짐해 봅니다.

2024

새로운 동물 식구가 왔습니다

하얀 눈 이불을 덮고 고요하던 들녘에 눈이 조금씩 녹으면서 비둘기와 철새 가족들이 날마다 찾아와 볍씨 낟알을 먹고 있습니다. 미실란이 자리 잡은 이곳은 자연이 잘 살아 있는 공간이라 그런지 새들뿐만 아니라 반려동물, 야생동물 등 동물 손님들이 끊이지 않는답니다.

몇 년 전 섬진강이 범람해 수해로 힘들었던 시기, 두 아들이 들녘에서 아기 고양이를 발견했습니다. 엄마를 잃고 애처롭게 울던 이 어린 생명에게 '도담'이라는 이름을 선물해 주었지요. 도담은 당뇨에 특화된 쌀 품종입니다.

몇 달 지나지 않아 도담이가 다른 고양이 친구를 데려왔습니다. 이번에는 다른 쌀 품종인 '큰품'이라는 이름을 선물하고 반려묘 가족으로 함께 지냈답니다. 이 밖에 몸을 다친 동물들도 많이 찾아옵니다. 오리, 기러기, 고라니, 소쩍새, 부엉이, 매, 고슴도치, 왜가리 새끼 등 다양한 동물들을 치료해 주고 다시 야생으로 돌려보내 주었지요.

몇 주 전에도 새로운 동물 가족이 찾아왔습니다. 유난히 무겁고 어두운 뉴스가 가득했던 지난해 연말, 조용히 논둑길을 걷고 있는데 먼발치에서 경계하는 듯 슬금슬금 눈치를 보며 미실란 건물 쪽으로 가까이 다가오는 개가 있었습니다. 이제 두 살 된 '흑미'에게 친근감을 표시하더니, 밥 좀 나눠달라는 듯 짠한 눈빛을 보내기 시작하더라고요. 착한 흑미는 밥을 다 먹지 않고 일부를 남겨두고 한걸음 물러나췄습니다. 그렇게 둘은 친구가 되어가는 것 같았습니다.

그런데 올해 들어 가장 추웠던 며칠 전날 밤, 저녁모임을 다녀오는 길에 당황스러운 광경을 마주했습니다. 흑미가 집 밖에서 눈을 맞으며 웅크리고 있고, 새로 온 개가 흑미 집을 차지하고 있었습니다. 저도 모르게 흑미에게 화를 냈습니다. 바보같이 맨날 양보하더니 밥도 집도 빼앗기고 왜 이러고 있냐고 말이죠.

눈을 맞으며 떨고 있는 흑미를 보고 속상한 마음에 혼은 냈지만, 가만 생각해 보니 춥고 배고픈 생명들에게 자기 것을 내어주는 건 칭찬받아 마땅한 일이었습니다. 흑미를 다시 보듬어주고 새로 온 개도 편히 쉴 수 있게 집과 밥그릇, 물그릇도 따로 챙겨주었답니다.

새로 온 개는 이제 '황구'라는 이름으로 불리며 미실란 식구가 되어가고 있습니다. 제가 다가가면 누구보다 꼬리를 열심히 흔들며

반기고, 낯선 택배차가 들어오면 집을 지키겠다고 무섭게 짖어댑
니다.

　자기 것을 나누고 양보하는 흑미처럼 산다면 이 세상은 더 평화
롭지 않을까 생각해 봅니다. 흑미에게 배운 삶의 지혜를 기억하며
살겠다 다짐도 합니다. 어려운 시기일수록 함께 연대하는 행복을
느끼는 날들이 되길 소망해 보며, 모두 건강한 겨울 보내시길 바랍
니다.

2025

춥고 배고픈 생명들에게 자기 것을 내어주는 일은
칭찬받아 마땅한 일입니다.

아름다움을 지키기 위해
당신은 무엇을 할 건가요?

서울에 살며 장편 집필에 집중하던 나는 2019년에만도 열다섯 번 곡성으로 내려와 이동현 대표와 긴 이야기를 나눴다. 하루에 끝이 나지 않으면 이틀 혹은 사흘씩 연이어 대화를 나눴고, 이야기 속 등장 공간인 고흥이나 순천이나 구례나 남원으로 횡하니 자리를 옮겨 다시 대화를 이어간 적도 적지 않았다. 그 긴 이야기들을 정돈하여 2020년 9월에 낸 책이 『아름다움은 지키는 것이다』이다.

이 책을 낼 때만 해도 이동현 대표와 미실란과 곡성에 대해 다시 인터뷰를 하고 글을 쓸 줄은 몰랐다. 후지요시 마사하루의 『이토록 멋진 마을』이나 후지나미 다쿠미의 『젊은이가 돌아오는 마을』처럼, 인구감소 시대에도 꿋꿋하게 버티며 살아가고 있는 한국의 사례를 『아름다움은 지키는 것이다』를 통해 보여줬다고 여겼다. 이 책을 쓰느라 일 년 반이나 장편 작업을 못 했기에, 서둘러 이야기의 바다에 빠지고 싶은 마음뿐이었다.

계획대로 흘러가지 않는 것이 또한 인생이다. 작가들은 책을 출간하면 몇 차례 북토크에 참석한다. 『아름다움은 지키는 것이다』는 나 혼자 북토크를 다닌 것이 아니라, 이 책의 핵심 등장인물인 이동현 대표와 동행했다. 소설가와 농부과학자가 함께한 강연은 마음의 양식인 책부터 몸의 양식인 쌀까지 다양한 논의가 가능했다.

지금까지 150여 회가 넘는 강연을 다니는 동안, 이 대표는 이 대표대로, 나는 나대로 독특한 경험을 했다. 책과 담을 쌓고 살다시피 한 이 대표는 처음으로 책방에서 독자들의 환대를 받았고, 나는 농민회를 비롯한 여러 농업 관련 기관과 단체에서 처음으로 독자들을 만났다. 강연을 끝내고 나면 독자들의 질문에 답하는 시간이 뒤따랐다. 그때 내가 받은 많은 질문 중 하나가 바로 이것이다.

"아름다움을 지키기 위해 작가님은 무엇을 할 건가요?"

미실란이 지나온 길과 곡성 마을활동가들의 분투는 충분히 알겠다. 그들의 노력에도 불구하고, 지방 소멸과 농촌 소멸과 벼농사 소멸과 마을 소멸은 여전히 해결되지 않고 있다. 의료와 교육과 문화의 어려움도 여전하다. 이런 상황에서 이 책을 쓴 소설가 김탁환은 무엇을 할 것인가? 책만 쓰고 다른 데로 옮겨가지 말고, 문제를 해결하기 위해 어떻게 지속적으로 참가할 것인지 밝히라는 질문이었다.

2021년 1월 1일, 서울에서 곡성으로 집필실을 옮겼다. 미실란이 자리 잡은, 옛 곡성동초등학교 2층 도서실에 둥지를 튼 것이다.

2009년 대학을 떠나 전업 소설가가 되겠다며 상경했는데, 십이 년 만에 950만 명이 사는 대도시 서울특별시를 떠나 2만 7천 명이 사는 곡성군으로 내려왔다.

어떤 이들은 고향인 진해로 가지 않고 곡성을 택한 이유를 물었다. 이미 진해는 마산과 창원이 합쳐진 통합 창원시의 일부가 되었다. 통합 창원시의 인구는 100만 명을 넘어섰고, 부산과도 이웃하고 있기에, 도시 생활이란 측면에서는 서울에서 사는 것과 창원에서 사는 것이 크게 다르지 않았다. 나는 더욱 생태적인 곳, 마을 활동이 활발한 곳으로 가고 싶었다.

그리고 오 년이 지났다. 『아름다움은 지키는 것이다』를 낼 때는 '도시소설가, 농부과학자를 만나다'라는 부제를 달았지만, 이제 나는 도시소설가가 아니며 마을소설가가 되기 위해 애쓰고 있다. 적어도 십 년은 곡성에서 살고 나서 책의 뒷이야기를 풀어볼까 생각도 했었다. 그런데 나는 아직 다섯 살 아이지만, 미실란은 곡성에 뿌리내린 지 올해로 스무 해를 꽉 채운 청년이 되었다.

그리하여 나는 미실란과 곡성에 관하여 무엇인가를 다시 써야만 했다.

아름다움을 지키기 위해, 생명을 지키기 위해

나는 무엇을 할 것인가?

2월

입춘과 우수

야생의 힘은 끈질기다

양력 2월 4일은 봄의 시작을 알리는 입춘立春입니다. 아직 찬 기운이 들녘을 감싸고 있지만, 농부에게 입춘은 계절이 바뀌었다는 선언과도 같습니다. 당장 봄이 오는 날이 아니라, 겨울을 견뎌낸 흙과 생명들의 상태를 조심스럽게 들여다보는 절기이지요.

입춘이 지나고 보름이 흐르면 우수雨水가 찾아옵니다. 눈이 비로 바뀌고, 얼음이 물로 풀리기 시작하는 때입니다. 선조들은 우수 이후의 15일을 다시 다섯 날씩 나누어 자연의 변화를 살폈습니다. 첫 다섯 날에는 수달이 물고기를 잡아 늘어놓고, 다음 다섯 날에는 기러기가 북쪽으로 날아가며, 마지막 다섯 날에는 초목에 싹이 튼다고 했습니다.

아직 들녘은 조용하지만, 생명은 이미 제 갈 길을 알고 움직이기 시작합니다. 우수는 자연이 농부에게 서두르지 말되, 눈을 떼지 말라고 전하는 절기입니다. 이때부터 봄은 멀리 있지 않고, 일상 속으로 천천히 스며들기 시작합니다.

정월대보름을 바쁘게 보냅시다

미실란 옥상에서 바라본 2월의 들녘은 아직 고요하고 적막합니다. 하지만 숨죽이며 얼어붙은 들녘 땅은 변함없이 건강한 생명을 넉넉한 품으로 품어주고 있지요. 몇 차례 비와 따뜻한 햇살이 비치면 수많은 씨앗들이 싹을 틔울 것입니다.

2월 들녘을 거닐며 벼 그루터기를 살펴보다 유독 삐뚤빼뚤 솟아 있는 그루터기 앞에서 걸음을 멈추고 자세히 들여다보았습니다. 수많은 벼를 차별하지 않고 모두 품어준 생명의 힘이 느껴집니다. 매년 이 논에서는 생명과 생명이 서로 교감하며 벼 이삭이 열렸고 그 이삭들은 농부의 손길을 거쳐 많은 사람들의 밥상으로 전해졌습니다. 겨울엔 수많은 벼가 베어지고 생명이 다한 것 같은 텅 빈 논만 보이지만 남은 그루터기들은 생명의 따뜻한 이불이 되고 볏짚 난로가 되었습니다. 그루터기 곁으로 여리디여린 어린 초록 새싹이 돋기 시작한 것을 보면 반가운 마음을 감출 수가 없답니다.

정월대보름은 새해의 첫 보름달이 뜨는 날입니다. 설과 추석 다음으로 가장 큰 명절인 정월대보름은 '상원'이라고도 하지요. 예부터 우리는 이날 찰밥과 약밥을 만들어 먹고 저녁에는 마을 사람들이 다 같이 모여 풍년과 한 해의 건강을 빌며 달맞이를 했습니다. 밤에는 연초록 보리가 예쁜 들판에서 새싹이 잘 자라도록 전답의 해충을 없애기 위해 논과 밭 둑에 쥐불도 놓았습니다.

대보름은 하루 종일 분주했습니다. 아이들은 연날리기, 바람개비 놀이, 양지 바른 곳에서 땅 따먹기, 딱지치기, 돈치기 등을 했고 어른들은 다리밟기, 횃불싸움, 줄다리기, 동채싸움, 놋다리밟기를 했습니다. 해가 지면 온 마을이 달집태우기, 깡통놀이를 하고 마을과 마을이 대결하는 경기를 만들어 함께 즐기는 시간도 가졌습니다. 아마도 한 해 농사가 시작되기 전에 마을 공동체가 서로의 마음과 마음을 나누고 협동심을 느끼며 서로를 끈끈하게 이어주기 위한 지혜로부터 나온 풍습인 듯싶습니다.

먹거리도 빠질 수 없지요. 오곡밥은 한 해의 액운을 쫓고 행복과 안녕을 기원하는 마음으로 지어 먹었습니다. 찹쌀, 차조, 수수, 팥, 콩과 보리, 맵쌀 등 여러 가지 곡물을 넣어 지은 오곡밥은 각종 무기질, 비타민이 풍부해 겨울 동안 부족했던 영양과 기력을 보충해 주었습니다.

같이 먹는 나물에도 선조들의 지혜가 담겨 있지요. 지난해 수확해 말려둔 묵은 나물 아홉 가지를 볶아 먹으면 더위를 피할 수 있다고 믿으며 고사리, 호박, 시래기, 가지, 버섯, 도라지, 고구마순, 곤드레, 삼나물, 취나물, 고추잎 등 다양한 나물들로 비타민, 식이섬유, 철분과 같은 영양분을 섭취해 몸에 원기를 회복했습니다. 겨울철 싱싱한 채소를 구하지 못했던 시절 대보름날의 건강한 먹거리로 면역을 챙기며 환절기의 건강 관리에 많은 도움을 받았답니다.

부럼도 깼습니다. 밤과 호두 그리고 땅콩 같은 견과류를 딱 소리가 크게 나도록 깨물며 부럼을 깨면 일 년 동안 부스럼이 나지 않고 치아가 튼튼해져서 건강한 한 해를 보낼 수 있다고 여겼습니다. 견과류에는 불포화 지방산이 풍부해 탁해지고 찌든 때가 쌓인 혈관을 건강하게 개선시켜 주고, 피부를 부드럽게 만들어 실제로 부스럼 예방에도 도움을 줄 수 있답니다.

대보름이면 잊지 말고 선조들의 지혜와 농부의 정성이 담긴 건강한 오곡밥과 나물을 즐기시길 바랍니다. 한 해 액운을 다 태워 날려 보내고 몸도 마음도 건강하고 좋은 일들만 가득하시길 소망합니다.

2022

봄을 느끼러 오십시오

봄이 멀지 않았습니다. 연구하는 농부에게 봄이 온다는 건 마음과 몸을 집중해야 하는 시기가 오고 있다는 뜻입니다. 저는 요즘 매일 아침 섬진강 들녘에 나가 크게 호흡을 내쉬며 하루를 맞이하고 있답니다.

올겨울 섬진강 들녘에는 오랜만에 많은 눈이 내렸습니다. 하얗게 쌓인 눈이 이 주가량 녹지 않았습니다. 들녘의 벼를 먹으려 날아들었던 산비둘기가 한동안 보이지 않더군요. 멀리 날아갔을까 소식이 궁금하던 중에 조금씩 날이 풀리면서 벼 그루터기 주변부터 논 흙이 보이기 시작하더니 어디선가 다시 산비둘기가 날아오기 시작했습니다.

미리 먹이를 비축하고 동면하며 인내심으로 생존을 지켜낸 야생의 힘, 혹한의 겨울을 기어코 버텨내는 강인한 끈기를 섬진강 들녘으로부터 배웁니다.

입춘에 날씨가 맑고 바람이 없으면 그해 풍년이 든다는데, 올해 입춘은 우리에게 어떤 암시를 주었을까요? 올해는 입춘 바로 다음 날이 정월대보름이었습니다.

코로나로 이 년간 멈췄던 정월대보름 행사가 오랜만에 열렸습니다. 풍물패의 흥겨운 농악, 청년회의 달집태우기 행사 등으로 마을 주민들이 함께 어우러지는 시간을 즐기다 보니, 활활 타는 달집처럼 마음 한편이 뜨끈하게 데워졌습니다. 젊은 친구들이 많지 않아 이십 년 가까이 청년회에서 활동하고 있다는 지인의 푸념을 들으며 짠한 마음도 들었지만, 그래도 이렇게 농촌 문화가 지켜지고 있다는 것이 참 고마웠습니다.

농촌을 지키는 또다른 방법으로 '고향사랑기부제'라는 새로운 제도가 생겨났습니다. 도시에 살지만 우리들의 고향인 농촌이 지속가능하게 성장하고 지켜질 수 있도록 상생의 효과를 기대하며 탄생한 제도, 부디 이 제도가 농촌, 생태, 환경을 지켜주는 건강한 방향으로 정착되어 선한 파급효과로 이어지길 기대해 봅니다.

몇 주만 기다리면 정원 곳곳에서 흙을 밀고 올라오는 화초들을 만날 수 있을 겁니다. 텃밭에 거름을 주고, 밭을 갈고, 씨앗을 뿌리고, 그리고 들녘에 모내기할 벼 품종을 고르며 본격적인 농사를 준비해야겠습니다.

2023

기러기 밥상을 차려줬지요

설 연휴 전 아들과 함께 들녘에 찾아온 귀한 손님들의 밥상을 챙겨줬습니다. 삼 년 전부터 찾아오는 시끌벅적한 기러기 가족들입니다. 오리같이 생겼지만 몸집도 키도 훨씬 큰 기러기 무리가 찾아온 것이 신기하고 반가워, 날마다 들녘을 조용히 살피며 안부를 챙겼지요.

기러기에 관심을 갖게 된 것은 일본 유학 시절 박사학위 논문을 쓰면서부터였습니다. 후쿠오카 동물원에 있는 71종의 동물들의 똥에서 유용한 장내 미생물을 연구하면서 동물들의 식습관에 관심을 갖기 시작했습니다.

이후 둘째 아들 출산을 위해 잠시 한국에 귀국한 시기에 야생동물의 특성을 조사하고 있는 '야생동물소모임'을 알게 되면서 한국의 산과 강, 들녘을 함께 누비며 야생동물의 똥을 채집했습니다. 그리고 그 똥에서 유용한 장내 미생물을 분리하는 연구논문을 세계 최초로 쓰면서 자연의 생명력에 감탄했지요.

박사논문을 마무리한 시기엔 새만금 개발이 화두가 되어 '새만금 시민생태 조사단' 활동에 참여했습니다. 갯벌에서 살고 있는 다양한 생명들을 관찰하고 기록하는 조사를 하던 중 야생조류들의 식습관도 살폈는데, 그중 기러기들이 참 흥미로웠습니다. 기러기가 먹고 있는 낟알들이 자연 속에서 싹을 틔우기 시작한 발아현미였습니다. 겨울 철새가 어디서 힘을 얻어 수천 킬로미터를 날아가는지 궁금했는데, 장거리 비행을 거뜬히 해낼 수 있는 힘의 원천이 발아현미였던 것이지요.

그 무렵 둘째 아들의 아토피가 병원에서 치료가 불가할 정도로 심각해지면서, 제 연구에 대한 고민도 깊어졌습니다. 미생물 연구에 그치지 않고 장내 미생물을 지키는 식습관에 대한 연구로 확장해 나갔습니다. 그리하여 미생물학자였던 제가 농업회사를 시작하게 되었지요.

올해는 예전보다 훨씬 많은 기러기 가족이 찾아왔습니다. 농촌에서도 비닐하우스나 축사로 변하는 곳이 많다 보니 들녘이 있는 장소로 더 많이 찾아온 것 같았습니다. 그루터기 이곳저곳을 살피니 기러기 가족 수에 비해 낟알들이 턱없이 부족해 보이더군요. 먼 비행을 앞두고 기러기들이 든든히 챙겨 먹어야 할 것 같아 아들과 함께 품종 연구하고 남겨둔 벼와 발아현미 연구용으로 따로 챙겨둔 포대를 수레에 가득 싣고 들녘에 나가 골고루 뿌려주었습니다.

쌀 한 톨도 자연의 생명들과 나눠 먹으며 함께 들녘을 기름지게 하는 것이 진정한 유기 재배 생태농업임을 알기에, 오늘의 작은 실천이 더욱 뜻깊습니다. 기러기들은 우리가 선물한 쌀을 마음껏 먹고 건강한 유기질 똥을 들녘 거름으로 선물하고서는 왔던 곳으로 돌아가겠지요. 그리고 다음 겨울에 식구를 늘려서 안전하고 생명이 살아 숨 쉬는 이곳 섬진강가 장선 들녘으로 다시 찾아올 겁니다.

지난 몇 주간 기러기들을 챙기다 보니 기러기들의 마음이 궁금해졌습니다. 팀 버케드의 『새의 감각』이라는 책을 읽기 시작했습니다. 인간의 시선에서 벗어나 새의 입장에서 느끼는 감각의 세계를 이해하는 재미가 쏠쏠하네요. 이제 곧 봄이 오면 기러기들은 들녘을 떠나겠지만, 다시 또 만날 겨울을 기다리며 건강하게 들녘을 지키리라 다짐해 봅니다.

2024

달집을 태우며

어린 시절, 입춘 무렵이면 아버지는 참 많이 바쁘셨습니다. 한학자이신 아버지는 마을 주민들과 아버지의 글을 받으려는 분들을 위해 며칠 동안 입춘축을 쓰셨지요.

농촌 지역에서는 예부터 입춘축을 벽에 붙이면 굿 한 번 하는 것보다 낫다고 여기는 풍습이 있습니다. 저는 곁에서 먹을 갈아드리며 아버지가 쓴 한자를 따라 적곤 했답니다. 어머니는 유과를 조용히 가져다놓으시곤 흐뭇해하셨고요.

이렇듯 농사와 밀접한 농경사회에는 새해의 봄이 시작되는 입춘을 기리고, 다가오는 일 년 동안 대길大吉·다경多慶하기를 기원하는 아름다운 풍속과 의례가 있습니다.

조선시대 세시 풍속에 관한 책 『열양세시기洌陽歲時記』에서는 입춘 날 보리 뿌리를 캐어 그해 농사의 풍흉을 점치는 '보리 뿌리점'을 소개합니다. 보리 뿌리가 세 가닥 이상이면 풍년이고, 두 가닥이면 평년이고, 한 가닥이면 흉년이 든다고 했습니다. 저도 지난해 미실 란 카페 앞에 처음으로 씨앗을 뿌려 겨울을 나고 있는 밀 뿌리를 캐 봤습니다.

입춘 보름 후 찾아오는 '우수'는 빗물이라는 뜻인데, 이때 비가 온다는 말은 아닙니다. 이 무렵부터 겨울철 추위가 풀리며 눈, 얼 음, 서리가 녹아 빗물처럼 된다는 것이지요. 한파와 냉기가 점차 사 라져 겨울의 마무리와 봄의 시작을 제법 느낄 수 있습니다.

"우수 경칩에 대동강 풀린다"라는 속담처럼 입춘부터 우수까지 는 아침 기온이 영하를 유지하는 날이 많지만, 이 절기가 지나면 꽃 이 피기 전 나무에 꽃눈이 생기고, 얼었던 땅이 녹는 등 봄으로 서 서히 접어들게 됩니다.

추운 겨울을 잘 이겨낸 생명들이 남쪽 아랫녘에서부터 조용히 땅을 박차고 나올 채비를 합니다. 빠름에 익숙해진 우리 인간과 다 르게 자연의 생명들은 절대 서두르지 않습니다. 어떤 상황에서도 자신이 존재하는 이유를 알고 시간을 들여 움직이지요. 흙과 돌의 무게를 느끼며, 누군가의 발길에 짓밟히는 상황에서도 포기하지 않고 땅을 박차고 나와 아름다운 꽃을 피울 준비를 합니다.

옛 농민들은 정월대보름에 새해 농사 계획을 세우고, 한 해 농사 에 쓸 좋은 씨앗을 골랐습니다. 또 논두렁 밭두렁을 태우며 해충과 해충 알을 제거하고 한 해 농사를 시작했지요. 요즘은 산불 위험이 있어 함부로 논밭두렁을 태웠다가는 법적 처벌을 받을 수 있지만요.

혼란스러운 세상이 하루빨리 제자리를 찾길 바라는 마음으로, 올해도 훨훨 타오르는 달집 앞에 섰습니다. 한 해의 건강과 풍요를 기원했지요. 달집과 함께 모든 액운이 사라지고, 온 세상에 평화가 찾아오길 바라봅니다.

2025

마을 주민들이 함께 어우러지니

마음 한편이 뜨끈하게 데워집니다.

미실란, 스무 해에 부쳐

회사를 세우고 오십 년이 넘은 기업이 적지 않고 백 년을 넘긴 기업도 있다. 그에 비한다면 이십 년은 결코 긴 기간이라 하긴 어렵다. 그러나 그 회사가 인구 소멸 고위험 지역이라 일컫는 인구 2만 7천 명인 곡성에 있고, 품종 연구를 위한 벼농사를 지으면서 쌀 가공업에 매진하는 농업회사법인이라고 하면, 이십 년은 결코 만만한 세월이 아니다.

내가 곡성에 머문 기간이 오 년이니, 이십 년의 사분의 일을 함께 했다. 이십 년을 축하하는 자리에서, 나는 미실란이란 회사의 특별함에 대한 짧은 글을 써서 읽었다.

「물꼬와 둠벙: 미실란, 스무 해에 부쳐」이다.

전라남도 곡성군 곡성읍 섬진강로 2584에 자리 잡은 농업회사법인 ㈜미실란이 창립 이십 년을 맞았다. 아름다울 미美, 열매 실實, 난초 란蘭, 아름다운 사람들이 희망의 열매를 맺는 곳, 미실란은 어떤 회사인가. 해마다 일어난 크고 작은 사건들을 열거할 수도 있겠다.

그러나 소설가는 장편을 쓸 때 핵심 단어로 만든 질문부터 움켜쥔다. 내가 파악한 미실란 이십 년의 핵심 단어는 '물꼬'와 '둠벙'이다. 물꼬와 둠벙은 미실란이 친환경 유기농으로 경작 중인 벼농사에서 빠져서는 안 되는 벗이자 도구이자 자리이기도 하다.

물꼬는 논에 물이 넘나들도록 만들어놓은 좁은 통로다. 물꼬를 통해 논에 물을 얼마나 적절하게 대느냐가 벼농사의 성패를 좌우한다. 농부는 매일매일 벼와 하늘과 흙과 물과 바람과 작은 동물과 곤충들을 살피며, 물꼬를 열고 닫는다. 열어야 할 때 닫는다거나 닫아야 할 때 열면, 단 한 번의 실수로 그해 농사를 망칠 수도 있다. 섬세하되 신속해야 하고 유연하되 과감해야 한다. 아침에 한껏 열었다가 저녁엔 꽉 닫아야 할 때도 있고, 반대일 때도 있다. 우왕좌왕 체계도 없고 모순된 듯하지만, 다양한 변화에 그때그때 대응하기 위해선 이 방법밖에 없다. 여닫는 때와 물의 양을 정하는 중심엔 항상 기르는 벼를 놓아야 한다.

미실란은 어떨 때 물꼬를 열었나. 첫째, 쌀 관련 상품 제조에 앞서서 농약을 치지 않고 벼 품종을 재배하여 연구하는 일에 돌입하였다. 지구에서 유망한 벼 품종을 모조리 길러보자며 2021년엔 630종을 심고 거뒀다. 둘째, 고품격 기능성 쌀 생산을 시도하였다. 농부과학자 이동현 대표는 현미의 발아율을 높이고 유용한 성분을 증대시키는 연구에 매진하여 특허를 냈다. 셋째, 미실란 제품의 우수성을 입증하기 위해, 농가 맛집 '밥카페 반飯하다'를 열었다. 특히 채식인들이 편히 식사하도록 재료 손질부터 요리까지 정성을 다했다. 넷째, 농작물 제조와 문화교육을 연결했다. 유치원생부터 청소년과 어른에 이르기까지 다양한 생태교육을 거의 매주 하고 있으며, 어떤 후원도 없이 작은들판음악회를 30회 넘게 열었다.

미실란은 어떨 때 물꼬를 닫았나. 첫째, 무분별한 확장을 시도하지 않았다. 빚을 내서라도 덩치를 키우고 업종을 다각화하여 사업을 키우는 방식을 따르지 않았다. 둘째, 비인간적인 자동화 시스템을 도입하지 않았다. 생산과 관리를 최첨단 기계에게 맡기고 직원을 대폭 줄여 비용을 절감하는 방식이 유행처럼 떠돈다. 그러나 지금도 미실란은 열 명이 넘는 직원이 함께 근무하고 있다. 작지만 강하고 이웃과 더불어 살아가는 회사를 꿈꾼다.

둠벙은 논 옆 작은 웅덩이다. 쓸모없고 더러워 벌레들이 모여드니 어서 메우라는 관광객이 요즘도 있다. 둠벙은 논의 든든한 뒷배다. 아무리 물꼬를 능숙하게 여닫는다고 해도, 지독한 가뭄에 물꼬를 지날 물 자체가 말라버린다면 어찌할 것인가. 그때 둠벙이 진가를 발휘한다. 둠벙의 물들이 논으로 흘러들어 숨통을 틔운다. 또한 둠벙은 스스로 생태계를 이룬다. 나무와 풀과 미꾸라지와 뱀과 곤충들이 어우러져 봄여름가을겨울을 겪는다.

미실란은 언제 둠벙이 되는가. 지난 이십 년 동안 미실란은 곡성을 비롯한 섬진강 이웃들의 시민 활동에 적극적으로 참여했다. 조용히 후원한 행사도 여럿이다. 단지 마당이나 건물을 내어준다는 의미가 아니다. 영리만 쫓는 회사가 아니라 지방 농촌에서 살아가는 이들이 맞닥뜨린 문제들을 더불어 고민하는 회사를 자임해 왔다는 뜻이다. 섬진강마을영화제에서 밤중에 야외 상영이 가능한 것도, 섬진강 지역 초등학생들의 작품을 보는 '메이드인섬진강' 프로그램을 꾸준히 하는 것도 미실란이 버티고 있기 때문이다. 책방 소멸 지역 곡성에 '생태책방 들녘의 마음'을 연 것도, 곡성 지역 유치원생들이 모내기부터 추수까지 체험을 이어올 수 있는 것도 마찬가지다. 비영리단체나 하는 일을 맡는 이유가 무엇이냐고 묻는 이도 있겠지만, 미실란은 영리와 비영리의 경계를 넘어, 이 둘을 넉넉하게 품는 둠벙의 길을 가고 있다.

임기응변이 중요한 물꼬와 지속성이 강조되는 둠벙은 어울리지 않아 보인다. 그러나 둘은 적대적인 관계가 결코 아니며, 물꼬는 물꼬의 방식대로 둠벙은 둠벙의 방식대로 벼농사에 반드시 필요하다. 나는 앞으로도 미실란이 들녘과 마을과 지구를 돌보는 물꼬이면서 둠벙인 회사였으면 한다. 겨우 다섯 해를 머물렀기에 스무 해의 무게를 가늠할 순 없지만, 부족하고 작은 힘이나마 물꼬를 여닫고 둠벙을 채우는 데 보태고 싶다.

그러다 문득 궁금해졌다. 이동현 대표는 미실란의 스무 해를 어떻게 생각하고 느낄까. 그래서 아홉 가지 질문을 만들었다. 미실란에도 카페가 있지만, 그곳에서 우리 둘이 진지하게 마주 앉아 서너 시간을 보내기란 거의 불가능에 가깝다. 카페와 책방으로 손님들이 계속 오고, 직원들도 수시로 이 대표에게 와선 보고를 하거나 의논을 하기 때문이다.

그래서 일주일 전부터 미실란 직원들에게 이때는 우릴 찾지 말아달라고, 할 말이나 할 일이 있으면 미리미리 하거나 아니면 다음 날 이후로 미뤄달라고 알렸다. 다들 알겠다고 했지만, 이 대표도 나도 그 말을 완전히 믿진 않는다. 그것은 직원들의 잘못이 아니라, 내가 '물꼬'로 표현했듯이, 물의 양과 흐름을 적절히 맞추어 풀어나갈 일이 하루에도 몇 번씩 갑자기 생기기 때문이다.

우선 섬진강을 벗어나기로 했다. 읍내를 벗어나 대황강이 흐르는 죽곡 석곡 목사동 언저리로 갔다. 이리하여 강빛마을 카페에 나란히 앉아서 한나절을 보내게 되었다. 모처럼의 자유, 모처럼의 회고와 꿈꾸기.

『아름다움은 지키는 것이다』가 서울에 사는 도시소설가가 열다섯 번의 인터뷰를 하고 미실란의 정리되지 않은 문서들을 검토하여 쓴 책이라면, 앞으로 이어질 인터뷰는 곡성으로 내려와 미실란에 집필실을 마련한 후 읽고 쓰고 농사짓고 책방지기를 하는 마을소설가가 던진 질문과 그에 대한 이동현 대표의 솔직한 답으로 이뤄져 있다. 그러므로 질문도 대답도 현재 진행형일 수밖에 없다.

서두르지도 머뭇거리지도 말고

개구리를 비롯한 생명들이 긴 겨울잠에서 깨어나는 때가 경칩驚蟄입니다. 3월의 들녘은 아직 차가운 기운을 품고 있지만, 땅속에서는 분명한 변화가 시작됩니다. 얼어 있던 흙이 서서히 풀리고, 벌레와 미생물 들이 다시 움직이기 시작합니다. 경칩은 농부에게 보이지 않던 세계가 다시 숨을 쉬기 시작했음을 알려주는 절기입니다. 겉으로는 조용해 보여도, 논과 밭은 이미 봄을 맞이할 준비로 분주하지요.

경칩을 지나 춘분春分이 되면 낮과 밤의 길이가 같아지며 계절은 균형을 되찾습니다. 햇빛은 땅속 깊이 스며들고, 흙의 온도도 한결 안정됩니다. 춘분은 농부에게 서두르지도, 머뭇거리지도 말라는 신호입니다. 이제 씨앗을 만질 수 있고, 밭을 갈 수 있으며, 한 해 농사의 윤곽을 서서히 그릴 수 있지요.

경칩과 춘분은 생명과 농사가 다시 같은 속도로 걷기 시작하는 시기입니다. 이때부터 농부의 하루는 자연의 리듬에 맞춰 조금씩 빨라지니 체력을 잘 관리해야 합니다.

부족해도 내 손으로 정원 가꾸기

지난겨울 가뭄은 모두를 참 힘들게 했습니다. 비가 내리지 않으니 벼를 베어내고 늦가을에 뿌렸던 보리, 밀, 유채가 잘 자라지 않았습니다. 논에 화학 비료 대신 활용하는 녹비작물(토양에 유기물과 영양분을 공급할 목적으로 재배하는 작물)들까지도요.

그러던 중 강원도와 경상북도 지역에 역대 최대 면적의 산림이 불에 타버리는 일이 발생했습니다. 넓은 자연을 터전 삼아 살아왔던 수많은 사람들과 동식물이 소중한 삶의 공간을 잃었습니다. 기약 없는 비 소식을 기다리며 사라져간 수많은 생명에게 그리고 화재 진화에 애써주신 모든 분들께 위로의 말을 전합니다.

오랜 기다림 끝에 반가운 봄비가 내리면서 감사하게도 산불은 멈췄고, 겨울 방학과 같은 농부의 짧은 휴식 시간도 끝이 났습니다.

논과 밭에서 경운기와 트랙터 소리도 들리기 시작합니다. 섬진강 농부인 저를 향해 울리는 알람 같기도 합니다. 구슬땀 흘려야 하는 노동의 시간이 찾아오고 있다는 뜻이기도 하지요.

미실란을 시작한 후 매해 초봄마다 하는 일이 있습니다. 파종과 텃밭 농사를 시작하기 전 정원을 돌보는 일입니다. 따뜻해지는 날씨에 봄꽃이 만발하기 전 열심히 이곳저곳에 포기 나눔을 통해 꽃을 심습니다. 제일 먼저 언 땅을 이겨내고 얼굴을 내밀기 시작한 수선화 주변의 잡초를 제거하고, 지나가는 이들에게 밟히지 않도록 낮은 돌담도 쌓아둡니다.

매년 부지런히 잡초를 뽑아도 우리가 원하는 작물과 식물보다 잡초가 먼저 그 주변을 점령합니다. 참 신기하지요. 아마 곧 사람이 제초제를 뿌려 자신들을 다 없애버린다는 것을 알기 때문이 아닐까요? 그래서 더 열심히 많은 자손들을 만들고 퍼트리는 게 아닐까요? 위기를 이겨내기 위한 생명의 힘이 놀라울 따름입니다.

미실란에는 포기 나눔하며 한 촉 한 촉 심었던 꽃들이 많습니다. 수선화, 상사화, 국화, 낮달맞이꽃, 벌개미취, 백합, 사랑초, 창포, 해바라기 등이 피고 지고 또 피기를 반복합니다. 전문적으로 정원 관리를 공부하지 않고 그저 아름다운 정원을 동경하며 잔디와 꽃과 나무를 심고 가꾸었는데, 올해부터는 조금 더 계획적으로 정원을 돌보려 합니다.

며칠은 농업기술센터에서 소형 포클레인을 빌려 책방 앞 소나무 동산을 정리하며 엄청나게 많은 띠 뿌리와 쇠뜨기 뿌리를 캤습니다. 생명력이 강하기로 유명한 이들을 모두 제거하는 것은 쉽지 않았지만, 다섯 수레나 캐내었으니 이제는 다른 꽃들을 위한 공간이 충분히 나올 듯싶습니다.

정리를 끝낸 동산에 무엇을 심을까 고민하다 낮달맞이꽃과 상사화를 다시 심었습니다. 마침 곡성 죽곡초등학교로 농촌 유학을 온 아이들과 엄마들이 체험 겸 일손을 보태주어 수월하게 작업을 마칠 수 있었습니다.

정원을 가꾸는 것은 하루아침에 할 수 없는 일입니다. 많은 돈을 들여서 전문가에게 맡기면 금방 끝낼 수 있겠지만, 미흡해도 내 손으로 끊임없이 어루만지고 그곳에 많은 이야기들을 더할 때 아름답고 매력적인 정원이 탄생하겠지요. 가뭄 끝에 내린 봄 단비는 예쁜 꽃들을 위한 좋은 양분이 될 듯싶습니다.

며칠만 지나면 섬진강가엔 산수유 꽃과 매화가 만개할 것 같습니다. 미실란 정원 양지바른 돌담 아래 노란 수선화도 활짝 필 테고, 연꽃밭 옆에는 수양 홍매화가 꽃망울을 하나둘 터트리기 시작했으니 곧 아름다운 색색깔의 봄을 만날 수 있게 되겠네요.

살다 보면 이런저런 일 겪으면서 마음을 다치는 경우가 많습니다. 그럴 때는 잠시 남도의 아름다운 꽃향기 따라 곡성으로 내려오세요. '밥카페 반飯하다'에서 건강하고 속 편한 밥상으로 맛있는 식사도 즐기시고 '생태책방 들녘의 마음'에서 책 한 권 골라 섬진강 따라 걸어보셔도 좋겠습니다.

섬진강 농부가 땀 흘리며 가꾸는 미실란 정원과 들녘도 천천히

둘러보시고, 버드나무 군락지인 섬진강 장선 습지와 침실 습지를
산책하며 치유의 시간도 가져보세요. 그러다 보면 어느새 우리 마
음에 봄이 스며들 겁니다.

　비 내리는 봄날, 책방 유리창 너머 정원을 바라보며 글을 마무리
하겠습니다. 늘 건강하세요.

2022

싸목싸목 이 길을 가겠습니다

미실란 주변에는 건강에 좋은 쑥부쟁이와 쑥이 지천에서 자라고 있습니다. 제초제와 화학농약, 화학비료를 뿌리지 않은 땅이라 봄나물의 향이 강하고 짙습니다. 밥카페의 직원들이 부지런히 캐서 튀김과 무침, 그리고 국으로 해 먹었습니다. 봄의 맛과 향을 즐겼지요. 계절의 식재료를 바로바로 먹을 수 있다는 것이 농촌에 사는 큰 기쁨이자 매력입니다.

올해도 장거리 비행을 대비해 부지런히 먹이를 찾는 야생 기러기 무리를 들녘에서 자주 만납니다. 기러기들이 이곳에 애써 찾아온 이유를 생각하며 며칠 전 이른 아침, 현미 쌀 한 포대를 들녘에 뿌려주었습니다. 혹시나 다른 기러기 나그네 무리가 소문을 듣고 찾아와 허기를 달래려고 할 때 아무것도 없다면 얼마나 서운할까 싶었거든요. 그저 멀리 가는 길 든든하게 먹고 무탈하게 비행하길 바랍니다.

　지금 지리산과 섬진강 자락에는 산수유 꽃과 매실 꽃이 아름다운 자태를 뽐내고 있습니다. 꽃구경을 온 손님들이 밥카페에서 발아오색미 밥상으로 건강도 챙기고, 책방에서 마음의 양식도 챙기며 행복한 미소를 머금고 떠날 때 참 기분이 좋습니다. 화려한 꽃도 좋지만 언제나 늘 그 자리에서 다양한 생명을 품고 지키고 있는 섬진강과 습지를 산책하며 들풀들의 아름다움을 느끼셔도 좋겠습니다. 따스한 봄날의 기운을 가득 받아 올해도 싸목싸목 농부과학자의 길을 걸어가겠습니다.

2023

들녘을 달리는 농부

지구상에서 사계절 기후에 가장 민감하게 반응하는 존재는 바로 농부와 자연의 생명들입니다. 지난해 봄에는 남부 지방에 극심한 가뭄이 들어 식수와 생활용수까지 부족한 상황이었는데, 겨울부터 최근까지는 유난히 비가 많이 내렸습니다.

겨울 식량작물인 보리와 밀 뿌리가 습해로 피해를 볼까, 고온으로 예기치 못한 병해충이 창궐할까 불안한 마음으로 들녘을 지켜봐야 했습니다. 자연 앞에서 농부는 한없이 겸손해지지요. 하지만 무기력하게 이런 현상을 받아들일 게 아니라, 더 굳건히 기후위기를 막을 수 있는 친환경 농업을 실천하고 확장해야겠다는 의지를 다지고 있습니다.

최근엔 체력을 키우고자 아들의 권유로 매일 아침 섬진강 들녘을 달리기 시작했습니다. 체력만큼은 자신 있었는데 세월 때문인지 달리기를 하러 나간 첫날에는 일 킬로미터도 못 뛰고 숨이 턱끝까지 차올랐습니다. 깜짝 놀랐죠. 그동안 바쁘게 산다는 핑계로 체력 관리에 소홀해지고 겨울 동안 야외 활동이 줄어들면서 몸도 위축되었나 보다 반성하며 매일 아침 운동화 끈을 고쳐 매고 있답니다.

이른 아침 맑은 공기를 마시며 들녘을 달리다 보면 하루하루 봄꽃들이 다르게 피는 걸 볼 수 있습니다. 섬진강의 아름다운 물안개를 혼자 오롯하게 만끽하는 호사도 누릴 수 있지요. 깊은 겨울잠을 지나 봄을 맞이하며 태동하는 들녘의 에너지를 느끼고, 토양의 냄새, 빛깔 등을 살펴보며 자연의 상태를 좀 더 가까이에서 지켜볼 수도 있습니다. 쌀 소비량이 급감하고 첨가물이 들어간 화려한 가공식품들이 넘쳐나는 시대를 마주하고 있지만, 흔들리지 않고 이 들녘을 더 건강하게 지키겠다고 매일 아침 다짐하면서 하루를 시작하는 기분이 꽤 상쾌합니다.

인간만 잘 살 수 있는 지구는 없습니다. 자연과 공생하는 삶을 바라고 실천하는 일이 녹록지 않지만, 결코 포기해선 안 됩니다. 작년에 읽었던 최재천 교수님의 『생태적 전환, 슬기로운 지구 생활을 위하여』를 요즘 다시 읽고 있습니다. 미실란 청년들과 함께 지속가능한 농촌을 지키겠다는 초심을 되새기면서요. 선두에서 더 많이 공부하고 기록하며 이 약속을 지켜가겠습니다.

2024

녹비작물 빼앗긴 들에도
봄은 오는가

지난해 벼 수확을 마치고 헤어리베치와 자운영 씨앗을 뿌렸습니다. 땅의 회복을 돕기 위해 친환경 농가들이 실천하는 방법이지요.

친환경 농업생태계의 파수꾼이라 불리는 헤어리베치는 자연산 비료이자 녹비작물입니다. 녹비작물은 말하자면 땅을 쉬게 하고 살찌우는 식물입니다. 자라는 동안 단단해진 흙을 부드럽게 풀어주고, 뿌리는 땅속 깊이 뻗어 흙에 숨을 틔워주지요. 또 보이지 않는 양분을 끌어올리고, 공기 중의 질소를 붙잡아 다시 흙으로 돌려보내기도 합니다.

그래서 녹비작물 종자를 뿌리고 키워낸 땅은 어느새 포슬포슬해지고, 흙도 물을 잘 머금는 건강한 흙으로 바뀝니다. 사람 손으로 억지로 비료를 더하지 않아도, 땅이 스스로 힘을 되찾게 되는 거지요.

헤어리베치는 11월경 땅속의 적당한 수분과 늦가을 따뜻한 햇살을 받고 발아해 땅에 뿌리를 박고 나면 큰 문제없이 겨울을 납니다. 이듬해 3월이 되면 엄청 빠르게 성장하다가 4월에 아름다운 보랏빛 꽃을 피우는 매력적인 식물이지요. 헤어리베치가 가득한 들녘에는 벌들이 찾아와 날개로 연주를 하며 은은한 꽃바람을 멀리 실어 보내주기까지 하니 농부들에게는 참 고마운 존재합니다.

지난해에 뿌린 헤어리베치는 발아도 잘 되었고 싹이 예쁘게 잘 올라왔습니다. 봄이 오면 아름답게 채워질 들판을 기대했는데, 안타깝게도 지금 논에는 헤어리베치의 흔적을 찾아볼 수 없습니다. 12월에 비와 눈이 번갈아 내리면서 논의 습도가 너무 높아져 뿌리가 썩어버린 것입니다. 올해 장선마을 들녘에는 헤어리베치가 전멸해 버리고 말았습니다.

그래도 그나마 위안이 되는 것은 난생처음 도전해 본 밀 농사가 지금까지는 잘되고 있다는 겁니다. 밀 뿌리마저 썩어버리면 어쩌나 걱정했는데 다행히 잘 버텨주었습니다. 비가 오는 날 물이 잘 빠져나가게 물꼬를 낸 덕분이지 않았나 싶습니다. 수확까지는 아직 삼 개월 정도가 남았지만 희망을 품어봅니다.

비록 자운영과 헤어리베치를 만나지 못했어도 그만큼 밀을 잘 돌봐야 한다는 지혜를 얻은 것처럼, 빼앗긴 것에서 더 소중한 것을 얻을 수 있다는 사실을 우리 모두가 기억했으면 합니다. 빼앗긴 들에도 반드시 봄은 찾아올 테니까요.

2025

그저 멀리 가는 길 든든하게 먹고

무탈하게 비행하길 바랍니다.

영성을 지닌 농부과학자

캐서린 레이븐이 쓴 『여우와 나』와 로빈 월 키머러가 쓴 『향모를 땋으며』는 두 가지 공통점이 있다. 첫째는 지은이가 과학자라는 점이며, 둘째는 대학에서 과학적인 연구방법을 배우고 익혔음에도 그것을 넘어서는 교감과 깨달음 속에서 고민한다는 점이다.

이동현 대표를 '농부과학자'라고 이름 지은 사람은 바로 나다. 그는 순천대에서 학부를 졸업하고 서울대에서 석사를 마친 후 일본 문부성 장학생으로 규슈대학교에서 박사학위를 취득했다. 과학자가 되기 위해 20대를 내내 실험과 연구에 매진한 것이다.

대학교수가 되어 후학을 양성하는 길로 들어서진 못했지만, 현미를 발아시키는 방법에 관한 특허를 냈을 뿐만 아니라, 지금도 벼 품종에 관한 논문들을 꾸준히 발표하고 있다. 이십 년 동안 무농약 유기농으로 벼농사를 직접 지으면서 데이터를 축적하여 연구를 하고 있으니, 농부이면서 과학자가 분명한 것이다. 이 대표도 '농부과학자'란 이름이 자신과 딱 어울린다며 좋아했고, 지금도 여러 자리에서 즐겨 사용하고 있다.

매일 발아에 적합한 최적의 온도와 발아율을 따질 때는 농부과학자로서의 면모가 여실히 드러나지만, 그것만으로 이 대표와 미실란을 설명하는 데는 부족하다. 그는 독실한 천주교 신자일 뿐 아니라 동식물과의 대화를 늘 이어가는 영성가이다.

철학자 김상봉 교수는『영성 없는 진보』란 책에서 논리적으로 따지고 갈라쳐 상처 주고 깨어지기만 하는 진보를 비판했다. 눈앞의 잘잘못을 가리기보단 그 실수와 잘못을 모두 품고 나아가는 영성이 있어야 공동체를 꾸려갈 수 있다는 것이다.

이 주장들을 읽으며 엉뚱한 질문 하나가 떠올랐다. 이 대표가 농부과학자이기만 했다면, 이십 년 동안 미실란을 이끌어올 수 있었을까?

그래서 첫 질문을 이렇게 던졌다.

김탁환: 당신의 인생에서 가장 중요한『성경』구절은 무엇인가요?
이동현:「창세기」3장 19절입니다. "너는 흙에서 나왔으니 흙으로 돌아갈 때까지 얼굴에 땀을 흘려야 양식을 먹을 수 있으리라"는 말씀을 좋아합니다. 제가 살아오면서 품었던 생각이나 또 살아가려고 하는 방향과 아주 잘 어울립니다.

역사를 살펴보면 지배층 중엔 땀을 흘리지도 않고 빵을 가져가는 경우가 많았어요. 땀 흘려 일하는 가치를 모르니까, 거기서부터 이어져 나오는 여러 가치들도 모르는 겁니다. 제 입장에선 이것 역시 죄입니다.

이 대목은 에덴동산에서 절대로 손을 대선 안 된다는 나무 열매를 아담과 하와가 몰래 먹은 후, 하느님이 꾸짖으며 하신 말씀이다. 즉 그전까지 사람들은 얼굴에 땀을 흘려가며 양식을 구하지 않고도 배불리 먹으며 살아갈 수 있었다.

이 대표가 언급하진 않았지만 3장 19절에는 다음과 같은 문장이 이어진다. "너는 먼지이니 먼지로 돌아가리라." 제일 앞에서 '너는 흙에서 나왔으니 흙으로 돌아가리라'는 언급을 이미 했는데, 흙을 먼지로 바꾸어 죽음을 강조한 것이다. 노동과 죽음을 인간의 기본 조건으로 제시한 셈이다.

여기서 흘리는 땀은 이 대표에겐 비유가 아니라 현실이다. 농부는 땀을 흘리는 사람이라는 철석같은 믿음이 있는 것이다. 흔히 농번기와 농한기로 시기를 구별하지만, 봄여름가을겨울 사계절 내내 농부가 땀 흘릴 일은 얼마든지 있다. 다만 제철에 맞춰서 하는 일들이 다를 뿐이다.

땀 흘려 일하라는 가르침은 신약과 구약 곳곳에 있다. 흔히 개미의 지혜라고 일컬어지는 「잠언」 6장 6절부터 11절이 대표적이다.

너 게으름뱅이야, 개미에게 가서 그 사는 모습을 보고 지혜로워
져라. 개미는 우두머리도 없고 감독도 지도자도 없이 여름에 양식을
장만하고 수확 철에 먹이를 모아들인다. 너 게으름뱅이야, 언제까지
누워만 있으려느냐? 언제나 잠에서 깨어나려느냐? "조금만 더 자자.
조금만 더 눈을 붙이자. 손을 놓고 조금만 더 누워 있자!" 하면 가난
이 부랑자처럼, 빈곤이 무장한 군사처럼 너에게 들이닥친다.

—「잠언」6장 6-11절

부지런함을 강조하는 『성경』의 여러 구절 가운데 이 대표는 왜
「창세기」 3장 19절을 가장 소중하게 품었을까. 그곳은 개미처럼 부
지런하게 일했으니 지혜롭다는 칭찬을 받는 자리가 아니라, 죄를
지었으니 땀 흘려 평생 일하라고 벌을 내리는 자리다. 일하고 일하
고 일하는 나날을 에덴동산에서 인간이 지은 죄와 연결하여 고민
하는 이가 몇이나 될까. 땀 흘려 일하지 않는 사람에겐 인류가 저지
른 최초의 죄를 자신의 문제로 받아들여 생각할 기회도 없다.

이왕 「창세기」 3장 19절을 꺼냈으니, 죽음과 소멸에 관하여도
이야기를 이어가고 싶었다. 탄생부터 죽음까지를 농부보다 더 깊
이 겪는 이가 또 있을까. 벼농사를 짓는 농부라면, 해마다 씨를 심
고 모를 내고 김을 매고 낟알을 거둔다.

그런데 여기서 우리가 생각할 부분은 벼를 베어야 낟알을 거두
는 것이 가능하다는 점이다. 벼가 죽어야 인류는 양식이 되는 낟알
을 얻는다. 죽음이 전제되지 않는 삶이란 존재할 수 없는 것이다.

그 낟알을 먹고 살아가는 사람이나 혹은 그 낟알을 겨우내 잘 보관
했다가 봄에 심어 다시 자라나는 벼를 혹자는 '부활'로 간주하기도
했다. 섬진강 들녘에서 이십 년이나 손 모내기를 해온 농부 이동현
에게도 죽음과 소멸과 부활에 대한 생각들이 자라났을까.

김탁환: 미실란을 소개하는 다양한 자리에 빠지지 않는 단어가 '식
　　　약동원食藥同源'입니다. 음식이 약만큼이나 중요하다는 뜻을
　　　품은 한자성어입니다. 『아름다움은 지키는 것이다』에서도
　　　이미 언급했듯이, 미실란의 경영철학이 고스란히 담긴 말이
　　　기도 하지요. 땅을 살리고 벼를 살리고 사람을 살리기 위해
　　　최선을 다하겠다는 다짐이기도 합니다. 식약동원을 제외하
　　　고 늘 가슴에 품고 있는 단어나 문장이 있는지요?

이동현: '천년 숲'입니다.

김탁환: '천년 숲', 그게 뭐죠? 벼농사 외에 숲도 가꿀 계획을 세우셨
　　　던 건가요?

이동현: 맞습니다. 벼농사를 지을 논에 잇닿아 산비탈이 있으면 그
　　　곳을 숲으로 가꾸고 싶긴 했습니다. 미실란이 정착한 곡성
　　　동초등학교 자리도 섬진강까지 산책을 오갈 만큼 가깝고 또
　　　하늘이 넓어 농작물들이 잘 자랄 곳이지만, 아쉬운 건 산비
　　　탈이 없어서 숲을 가꾸긴 어렵다는 겁니다. 운동장에 여러
　　　종류의 나무를 심긴 했지만, 숲이라 하긴 부끄럽습니다.

김탁환: 숲을 가꾸는 건 임업에 속하는 일이잖습니까? 그 일까지 하

기엔 너무 바쁜 나날을 보내고 계십니다. 실물로 '천년 숲'을 만드는 건 접었다 해도, '천년 숲'을 키워가고 싶은 꿈은 여전히 가지고 계신 거군요.

이동현: 저 혼자서만 나무를 심고 가꾸면 힘도 들고 재미가 없지요. 제가 심고 제 아이가 심고 그다음 아이들이 심어서 가꾸어 나가는 숲. 제 가족들이 심을 수도 있지만, 미실란 직원들도 심는 겁니다. 끊임없이 씨앗을 뿌리고 열매를 거둘 사람들이 이어지는 게 중요하겠지요. 그리하여 사람들이 함께 모여 무엇인가를 해나가는 공간을 만들어보고 싶습니다. 일본 유학 시절 어느 숲에 갔었는데요. 할아버지가 심은 씨앗, 아버지가 심은 씨앗, 손자가 심은 씨앗 이렇게 이어지더라고요. 천년을 이어지는 숲, 그렇게 상상을 해본 겁니다.

김탁환: 그렇게 끊어지지 않고 대대손손 이어지려면 가장 중요한 게 뭐라고 생각하십니까? 조직일까요 철학일까요?

이동현: 거창하게 조직까지 생각한 건 아닙니다. 씨앗이 기본이고, 우리가 양식으로 먹는 쌀을 재배하는 벼농사가 중심에 있어야 하니까요. 아무리 회사가 바빠도 무농약 유기농으로 품종을 연구하는 벼농사를 계속 지으려고 합니다. 회사 형편에 따라 논 면적이 조금 줄어들 수는 있지만 결코 멈춰서는 안 됩니다. 벼농사를 직접 짓는 이들이 살아가는 곳, 벼농사의 가치를 인정하는 사람들이 모이는 곳, 그 가치를 배우고 익히는 곳으로 계속 키워갔으면 합니다.

김탁환: 이 대표님의 '천년 숲'은 전시를 위주로 하는 벼 박물관과는
다른 개념이군요. 직접 벼농사를 지음으로써 더 많이 느끼
고 생각하도록 만드는, 살아 있는 곳이기에 '숲'이란 단어와
어울립니다.

이동현: 농업 관련 박물관들을 꽤 많이 다녀봤는데, 움직이지 않는
옛것을 진열한 곳이 대부분이었습니다. 땀을 흘리며 일하는
농부와 벼가 자라는 데 꼭 필요한 물과 해와 비가 서로 어우
러져 흐르는 과정인데도 말입니다.

십 년도 아니고 백 년도 아니고 천년이나 지속하는 숲이다. 나무
들의 나이가 천년인 숲은 물론 아니다. 씨앗이 떨어지고 싹이 돋고
자라고 열매 맺고 아프고 시들어 죽은 뒤, 다시 씨앗이 떨어지는 날
들이 반복되어 이룩한 숲이다.

숲에는 나무만 있는 것이 아니다. 풀도 있고 벌레도 있고 동물도
있다. 흙과 돌과 웅덩이에 고였거나 개천으로 흐르는 물도 있다. 하
나하나 뜯어보면 제각각인 것들이 모여 숲을 이룬다. 이 지구상에
는 천년 된 숲도 있고 만년 된 숲도 있다.

의술이 아무리 발전한다 해도, 현재 사람의 수명은 백 년을 넘기
긴 어렵다. 백 년을 산다 쳐도 죽고 나면, 그의 삶은 영영 사라지고
마는가. 여기서 이 대표는 씨앗의 가치에 주목한다. 씨앗에서 씨앗
으로 이어지는 나무들, 그 나무들로 가득 찬 숲을 꿈꾸는 것이다.
씨앗마다 고유한 날들이 축적되어 있어 각 개체가 죽더라도 나무

들의 특성이 세월을 따라 이어지듯이, 이 대표는 미실란을 거쳐가
는 이들의 삶도 마찬가지란 생각을 한다. 천년 숲에서 씨앗이 이어
지듯 미실란 들녘에서 벼농사가 이어진다면, 이 대표가 훗날 세상
을 떠나더라도 그 마음은 미실란에 남는 것이다. 이 대표만의 부활
하는 방법이다.

우리의 대화는 자연스럽게 벼농사로 나아갔다.

이제 감상의 시간은 끝났다

　　겨울의 흔적이 완전히 물러가고, 하늘과 땅이 함께 맑아지는 때가 청명淸明입니다. 4월의 들녘은 하루가 다르게 색을 바꾸며 생명의 기운으로 가득 찹니다. 바람은 부드러워지고, 흙은 손에 쥐면 숨을 쉬듯 살포시 풀어집니다. 농부는 땅을 제대로 마주합니다. 겨우내 굳어 있던 논밭을 살피고, 씨앗과 모를 받아들일 준비가 되었는지를 몸으로 확인하는 것이지요.

　　청명을 지나 곡우穀雨가 오면, 농사는 본격적으로 속도를 냅니다. 곡우의 비는 곡식을 기르는 단비라 하여 예부터 귀하게 여겨졌습니다. 이때 내리는 비 한 번은 씨앗의 발아를 돕고, 모의 뿌리를 단단하게 붙잡아줍니다. 농부는 하늘의 물과 땅의 온기가 맞물리는 이 시기를 놓치지 않기 위해 분주해집니다. 청명과 곡우는 봄을 감상하는 데 그치지 않고 생명을 땅에 정착시키는 결정적인 시간입니다. 들녘이 본격적으로 말을 걸어오는 계절, 손도 마음도 바빠집니다.

농사가 시작되었습니다

해가 뜨기 전부터 여기저기에서 경운기와 트랙터 소리가 분주하게 들려옵니다. 그 소리를 가만히 듣고 있으니 어린 시절의 봄날이 떠오릅니다.

경운기와 트랙터가 없던 그때엔 골목마다 농부들이 소에 멍에를 씌우고 "이랴 이랴" "워이 워이" 힘찬 목청소리가 울려 퍼졌습니다. 소가 끄는 달구지에 쟁기와 나래(논밭을 반반하게 고르는 데 쓰는 농기구, 써레와 비슷하나 아래 발 대신에 널판이나 철판을 가로 대어 자갈이나 흙 따위를 밀어내는 데 씀) 그리고 곰방매(밭갈이 할 때 생기는 흙덩어리를 부수는 농기구)와 괭이를 싣고서 농부들은 부지런히 골목을 오갔습니다.

소가 쟁기로 밭을 가는 것부터 작업이 시작됩니다. 쟁기질이 끝나면, 온 가족이 곰방매로 뭉쳐진 흙을 부숩니다. 흙이 곱게 부서지고 나면 소에 쟁기를 풀고 나래를 설치해 넓은 밭을 다니며 평평하게 땅을 고르는 일을 합니다. 이때는 실측 측량을 잘하는 집안의 가장이나 장남이 첫 고랑을 만들고 앞서가지요.

그다음엔 순서대로 온 가족이 함께 고랑을 만듭니다. 그렇게 열심히 땀 흘리며 일하고 있으면 마을 어귀에서 들녘 밥상을 머리에 이고 한 손에는 주전자를 들고 오시는 어머니가 보입니다. 밭 옆 산기슭 나무 아래 온 가족이 둘러앉아 소박하지만 정성으로 차린 든든한 밥상을 먹고 나면 나른함이 몰려오지요. 잠깐의 낮잠으로 기운을 보충한 뒤 다시 고된 들녘 노동을 반복하다 보면, 어느새 서산으로 해가 넘어갑니다. 일하느라 묻은 흙을 툭툭 털어내고선 산비탈을 내려와 우물터에서 시원하게 땀을 씻어내고 평상에 둘러앉아 맛있게 저녁을 먹으면 길었던 하루가 끝나곤 했지요.

중학교 갈 무렵, 동네에 경운기가 등장했습니다. 18세기 영국의 산업혁명으로 사회구조의 대변혁이 일어난 것처럼, 경운기의 등장은 우리 농촌을 엄청나게 변화시켰습니다. 소는 경운기가 오르내리지 못하는 산비탈만 담당하고, 길이 있는 들녘은 모두 경운기의 몫이 되었습니다. 경운기 소리가 농촌의 고요함을 깨는 소음이 되기도 했지만 편리함과 효율성에 농부들의 수고가 많이 덜어졌습니다.

하지만 소가 뒷전으로 물러나고 많은 일들을 척척 해내는 경운기의 등장으로 젊은 농부들이 도회지로 떠나는 이농현상이 급속도로 진행되었습니다. 물론 기술의 발달과 세계 시장 개방이 급속도로 진행되는 상황에서 이 변화들은 언젠가 겪게 되어 있긴 했지만요.

경운기와 트랙터는 이제 농촌사회에서 없어서는 안 될 중요한 농기구입니다. 이 든든한 오른팔로 간격을 가지런히 맞춘 이랑에 다양한 채소와 곡성의 토란을 심고 있지요. 미실란 정원에도 텃밭 한편에 상추를 비롯한 쌈채소, 토마토, 가지를 심었습니다. 올해는 제대로 된 텃밭정원을 만들어보고 싶었거든요.

청년 직원들과 함께 머리를 맞대어 고민하며 구역을 나눠 모종들을 심었습니다. 직접 지은 농작물은 미실란 식당의 귀한 식재료가 되고, 우리 가족이 먹는 건강한 먹거리가 될 것입니다. 그 소중함을 알기에 힘들지만 올해도 텃밭 일을 소홀히 할 수 없습니다. 포트에서 자란 뿌리가 텃밭 흙에 잘 적응할 때까지 아침저녁으로 살피고 깨끗한 물로 목마름을 채워주며 돌보고 있지요.

며칠 전에는 봄비가 내렸습니다. 참 오랜만에 내린 단비였습니다. 텃밭정원 채소들이 이 단비를 마시고 건강한 흙과 만나 건강하게 무럭무럭 자랄 생각을 하니 기분이 참 좋았습니다. 다음 달이면 식당을 찾는 손님들의 식탁에 풍성한 싱그러움을 채울 수 있겠네요.

이제 발아현미 품종들을 선별하며 파종과 모내기 준비를 시작합니다. 미실란이 최고의 발아율을 지킬 수 있었던 것은 한 해도 빠짐없이 유기농 친환경 농법을 포기하지 않은 덕분이라 생각하기에, 올해의 파종도 설레는 마음으로 준비하고 있습니다.

지금 논둑에는 자운영꽃이 아름답게 피기 시작했고, 땅을 기름지게 해주는 헤어리베치도 빗물을 마시고 초록빛이 짙어지고 있습니다. 곧 아름다운 색깔의 꽃을 피울 것 같네요. 농부는 늘 들녘으로부터 계절을 배웁니다. 올 한 해도 땅을 살리고, 자연 생태계의 주인인 작은 생명과 사람을 살리는 평화의 농사 잘 준비해 보겠습니다.

2022

농부도 가끔 씨앗이 헷갈려서

아름다운 섬진강을 따라 산수유, 매화, 그리고 벚꽃이 아름답게 자태를 뽐내는 동안, 많은 상춘객들이 다녀가시면서 몸도 마음도 들뜨는 분위기였습니다. 화려한 봄꽃들이 지자 이제 국도 17호선과 옛 철길 따라 아름다운 철쭉이 피기 시작했습니다. 농부는 이제 차분히 볍씨를 소독하고 파종을 준비합니다. 다시 벼농사의 출발점에 선 것이지요.

들녘에는 트랙터들이 분주히 움직이며 뿌연 먼지를 뿜어내기 시작했습니다. 한 해 동안 벼가 먹고 자랄 유기질 비료 퇴비를 뿌리는 중이지요. 미실란은 가공된 유기질 비료보다 질소를 땅속에 고정시켜주는 방식의 자연산 비료의 힘을 더 믿는 편입니다. 앞서 소개한 자운영과 헤어리베치와 같은 녹비작물이 그 역할을 하지요.

작년 말에도 추수 후에 녹비작물을 심으려고 지역 농민에게 연락을 취했습니다. 자운영 종자를 나눠주시겠다고 하기에 보라색으로 꽃피울 아름다운 꽃밭을 상상하며 종자를 받아와 큰아들 재혁과 함께 부지런히 씨앗을 뿌렸습니다.

몇 주가 지나 씨앗이 발아하기 시작했습니다. 반가운 마음에 자세히 들여다봤는데 뭔가 수상했습니다. 자운영이 아니라 헤어리베치였던 것입니다! 아름다운 자운영 꽃밭을 기대해도 좋다고 말하며 '한 평 논'을 일구는 광주의 초등학생들에게도 종자를 나눠줬는데, 거짓말을 한 꼴이 되고 말았습니다.

이십 년 가까운 농부 인생에 이런 실수를 하다니 민망할 따름이었지만, 교장선생님께 연락해 사실대로 고백했습니다. 자운영이 아니라 헤어리베치라고 말이죠. 다행히 아이들에게 자운영 말고 또 다른 녹비작물을 알려줄 수 있으니 이 또한 좋은 공부라고 말씀해주셔서 큰 위로가 되었습니다.

자운영 종자라며 나눠주셨던 지역 농민도, 그걸 철석같이 믿고 심었던 저도 당황스러웠던 실수였지만 덕분에 헤어리베치와 자운영의 종자와 새싹의 특징은 확실하게 알게 되었으니, 그 또한 좋은 경험이었습니다.

미실란을 아껴주시는 많은 분들의 성원에 힘입어 올해는 공간 정비에 힘쓰고 있습니다. 운동장 정원에는 제 고향 고흥에서 백목련과 동백, 석류나무가 이사 와서 자리를 잡았습니다. 동물농장도 자리를 옮기고 확장 공사를 해서 좀 더 편안하고 안전한 환경에서 지닐 수 있도록 하였습니다.

　무엇보다 올해 작은들판음악회에서는 복합문화공간 '발채의 마음'을 새로이 선보입니다. 미실란이 걸어가고자 하는 마음에 앞으로도 많은 응원 부탁드립니다.

2023

섬진강 플로깅,
우리는 섬진강을 주웠습니다

날씨가 풀리면서 섬진강으로 자주 산책을 다니고 있습니다. 들녘이 초록 초록해지고, 들꽃들이 피기 시작하면서 생기를 되찾는 습지에 반가운 마음이 드는 한편, 습지 주변으로 쓰레기들이 예전보다 훨씬 많아진 것을 발견했습니다. 그래서 장선습지 권역이 꽤 넓지만 할 수 있는 만큼 조금씩 치워보자는 마음으로 지난 달부터 미실란 직원들과 함께 장선습지 플로깅을 시작했습니다.

쓰레기를 치우다 보면 누구에 의해서 어떤 경로로 여기까지 도달했는지 보입니다. 먼저 농민들이 버리는 쓰레기는 멀칭용 비닐, 퇴비와 비료를 담은 비닐포대, 농약봉지와 농약병 등입니다. 특히 가장 많이 보이는 밭농사용 비닐은 얇고 잘 찢어지다 보니 곳곳에 작게 흩어져 있어 줍기가 쉽지 않았습니다. 농촌 인구 공동화 현상으로 일손이 부족한 자리를 대신해 제초 작업에 도움이 되는 멀칭용 비닐을 사용하는 상황을 비난만 할 수는 없지만, 썩지 않는 비닐이 어지럽게 방치되는 상황을 보고 있으니 심란해지더군요.

예전에는 비료도 친환경적으로 만드는 게 보편적이었습니다. 직접 벤 풀과 볏짚, 가정에서 키우는 가축 축분, 인분을 섞어 퇴비 거름을 만들어 사용했지요. 요즘은 직접 하는 경우는 드물고 지자체에서 퇴비 포대를 보급하는 경우가 많은데, 사용 후 제대로 치우지 않고 밭 주변이나 수로에 버려버리니, 퇴비 자루가 장마나 수해 시기에 하천 둔치와 섬진강 버드나무 습지로 흘러 내려온 채 쓰레기로 방치된 것입니다. 일부는 더 아래로 흘러 이미 남해안 바닷가와 섬 언저리에 쓰레기 무덤이 되어 있겠지요. 상상만 해도 슬픕니다.

다음으로는 낚시꾼들이 먹고 남은 음식물과 낚시 관련 쓰레기들입니다. 저마다 사연을 품고 복잡한 일상을 잠시 떠나 강을 바라보며 세상을 낚는 것인지 모르겠지만, 자신이 가져온 쓰레기는 잘 모아 챙겨갈 줄 아는 품위도 지켜주시면 좋겠습니다.

마지막은 생활 쓰레기들입니다. 빵, 초콜릿, 과자 봉지, 페트병, 음료, 커피, 맥주캔, 레토르트 식품 용기, 일회용 컵부터 아예 봉지에 담겨 던져진 쓰레기들도 많습니다. 나들이를 나왔다가, 드라이브 나왔다가 강둑에 쓰레기를 버리고 간 것은 아닐까 싶습니다. 내차, 내 집, 내 공간은 청결하게 가꾸면서 자연의 생명들이 어우러져 살아가는 공간은 신경 쓰지 않는 분들이 너무도 많은 것 같습니다. 그분들이 어쩌다 그런 습관을 갖게 되셨을까요. 애통합니다.

정말 이해가 되지 않는 쓰레기도 있습니다. 소파를 비롯한 큼지막한 가정용 가구와 가전제품입니다. 간단하게 신고를 하고 비용을 내면 주민센터에서 재활용으로 가져가는 훌륭한 제도가 있는데, 어찌 이것들을 강둑으로 가져왔을까요? 강과 들녘과 바다가 건강해야 우리도 살 수 있다는 것을 정말 모르는 것일까요?

엊그제 장선습지 플로깅에는 인근 남원, 광주뿐만 아니라 경남 함양과 거제에서도 일손을 보태주러 왔습니다. 편안히 쉴 수 있는 토요일 오전을 반납하고 귀한 시간 내주셔서 얼마나 감사한지요. 이런 분들이 우리 곁에 있기에 다시금 힘이 납니다. 섬진강과 장선습지도 느꼈을 테지요. 자신들을 괴롭히는 나쁜 사람만 있는 게 아니라, 소중히 여기고 돌보는 사람도 많다는 것을요.

다가오는 4월 22일, '지구의 날'의 의미를 더 많은 분들께 알리고자 건강한 가치 소비를 실천할 수 있는 '지구로운 꾸러미'를 준비했습니다. 지속가능한 환경과 생태 농업을 지킬 수 있는 건강한 소비의 방식을 공유하며, 계속해서 아름다운 섬진강 들녘을 지켜가도록 하겠습니다.

2024

내일 지구의 종말이 와도
볍씨를 뿌립니다

올해는 다른 어느 해보다도 힘든 겨울과 봄을 보냈습니다. 특히 산불 지역의 피해로 터전을 잃은 농민들을 생각하면 마음이 정말 참담하더군요. 획일화된 숲 조성 정책의 문제점을 여실히 느꼈던 시간이었습니다.

숲은 야생동물과 식생의 다양성이 지켜질 때 숲 기능을 충분히 발휘하는데, 소나무처럼 동일한 수종만 식재하면 소나무의 송진이 정유 물질, 즉 기름이 되어 바람이 불면 화마를 키우게 되지요. 이번 일을 계기로 정부와 시민사회 모두 숲의 다양성을 더 깊이 고민해 보았으면 합니다.

올해는 처음으로 독립해서 농사를 시작할 큰아들과 함께 연구용 품종과 농가 보급용 품종 리스트를 꼼꼼히 작성하고, 종자량(무게)

도 확인하고 선별해 두었습니다. 우리 지역에서 저와 가장 오랫동안 협력하며 유기농 발아현미 품종을 심고 계신 농부님을 만나 한 해 농사에 관한 이야기도 나누었지요.

비가 온 다음 날에는 논둑 조성기로 단지의 논둑을 넓고 높게 손보는 작업도 진행했습니다. 논둑에 빗물이 충분히 스며들 때 논둑을 만들면 흙이 차져 단단한 논둑을 만들 수 있거든요. 그래서 비가 온 뒤 타이밍을 놓치지 않고 작업을 마무리했습니다.

다음 주에는 종자를 소독해 발아시키고 파종을 시작할 예정입니다. 파종 이후에는 유기농 퇴비 준비, 써레질(갈아놓은 논에 물을 대고 흙덩어리를 부수고 논바닥을 편평하게 고르는 작업), 모내기로 이어지면서 본격적인 농사를 진행하게 되지요.

'내일 지구의 종말이 온다고 해도 나는 오늘 한 그루의 사과나무를 심겠다'라는 합리주의 철학자 스피노자의 말 들어보셨을 겁니다. 내일 지구가 멸망한다고 해도, 내일 죽는다고 해도, 저와 농부들은 한 해도 거르지 않고 볍씨를 파종하겠습니다.

2025

벼농사의 가치를 인정하는 사람들이 모이는 곳,
그 가치를 배우고 익히는 곳이 미실란입니다.

벼가 아니라 사랑농사를 짓는군요

미실란 복도에는 지금도 첫해 이 대표가 심고 거둔 278개 품종의 벼 낟알들이 유리병에 담겨 전시되어 있다.

지금은 모심기를 곧잘 하지만 곡성으로 집필실을 옮긴 2021년엔 논 흙에서 발을 빼 한 걸음 내딛기도 힘겨웠다. 이 대표를 농사 스승으로 모시고 적어도 사 년 동안은 시키는 대로 농사를 짓겠다고 맹세 아닌 맹세를 했기에 손 모내기에 돌입했다.

그런데 이 대표는 하필 그해 욕심을 조금 더 내었다. 토종 씨앗을 비롯하여 국내에서 개발한 품종 외에 국외의 뛰어난 품종들도 함께 심어보기로 한 것이다. 논을 더 빌리고 모판을 더 짰다. 5월 중순부터 모내기를 시작했을 때, 이 대표가 밝힌 품종은 630개였다. 지금까지 심어온 품종보다 두 배를 훌쩍 넘는 숫자였다.

한 달 내내 모를 심어야만 했고, 저녁엔 허리와 어깨에 파스를 붙이기 바빴다. 모를 심는 양이 많은 것도 문제지만, 더욱 답답한 점은 내가 심는 벼 품종의 이름과 국적을 전혀 모른다는 것이었다.

토종 씨앗이나 국내에서 개발한 품종의 경우는 4열 종대로 심은 벼 앞에 이름을 밝힌 안내 팻말을 세웠다. 그러나 외국에서 들여온 품종의 경우는 숫자로만 품종을 구별했다. 국내에선 구하기 힘든 희귀종들이기에 이름을 적어두었다간 도난의 위험이 있는 것이 아닐까 짐작만 했다. 어쨌든 난수표 같은 숫자들로만 채워진 팻말 뒤에도 부지런히 모를 심었다.

모였을 때도 색깔과 모양과 키가 조금씩 차이가 나긴 했다. 그러나 우렁이를 던져주고 서너 번 김을 맨 후부터는 그 차이가 확연해졌다.

가을로 접어들었을 때는 비록 이름은 알 수 없지만 몇몇 벼 앞에 오래 서 있기도 했다. 어떤 벼는 키가 이 미터를 훌쩍 넘기더니 끝내 쓰러졌고, 어떤 벼는 지나치기만 해도 향수 냄새가 짙게 났다. 드론을 띄워 630개 품종이 꽉 찬 논을 촬영했다. 색과 꼴이 다채로운 정원을 촬영한 듯한 착각이 일었다.

그 후로도 품종 연구를 위한 벼 재배는 계속되고 있다. 630개까지는 아니고 100여 개 품종을 심고 기르고 수확한 후 연구 중이다. 이십 년 동안의 데이터는 벼 품종을 연구하고 개발하는 소중한 밑거름이다.

김탁환: 6차 산업이라는 말이 한때는 유행했었죠. 미실란은 1차부터 6차까지를 모두 하는 대표적인 업체로 주목을 받은 적도 있습니다. 제조업체가 1차 산업인 벼농사를 짓는 사례는 무척 드뭅니다. 품종 연구용 벼농사는 미실란을 세울 때부터 계획한 것이었나요?

이동현: 어린 시절 제 고향 고흥의 들에서는, 벼는 물론이고 보리와 밀과 목화와 담배 농사까지 지었습니다. 고구마와 참깨와 들깨도 길렀고요. 그런데 차츰 작물들이 줄어들더니, 결국 벼와 보리 농사로 집중되더군요. 곡성에 처음 들어왔을 때만 해도, 미실란 앞 장선리 들은 거의 모두 벼농사를 지었습니다. 그런데 지금은 삼 분의 일이 비닐하우스로 농사를 짓고 있죠. 또 그때는 축사가 하나도 없었습니다만, 지금은 축사가 여섯 개나 생겼더라고요. 이렇게 가면 우리 밀도 우리 보리도 사라질 위기에 처할 겁니다.

몇 년 전만 해도 쌀이 남아돈단 이야기를 했지만, 작년이나 올해는 쌀이 부족하단 이야기가 돌고 있는 형편입니다. 이렇게 계속 가면 벼농사도 소멸할 위기에 처하지 않을까요? 몇십 년 동안 들이 어떻게 바뀌었는가를 직접 겪었기에, 미실란을 처음 시작할 때부터 벼 품종 연구용 벼농사를 지어야겠다는 생각을 했습니다. 연구소 같은 데선 약 칠 것 다 치면서 관행 재배를 하는 경우가 많기 때문에, 이왕이면 농약을 치지 않고 유기농으로 재배를 해야겠단 마음을 아울러 먹었고요.

김탁환: 힘드셨지요?

이동현: 농사야 어렸을 때부터 지었으니 힘들고 말고 따질 일이 아닙니다. 다만 돈 안 되는 일을 한다는 비난을 들을 땐 마음이 아픕니다. 돈이 되고 안 되고를 판단 근거로 두면, 우리가 지켜나가야 할 씨앗을 잃고 맙니다.

김탁환: 훗날 경영 일선에서 물러나더라도 벼농사는 맡아서 계속 지으실 건가요?

이동현: 당연하지요. 김 작가님도 그때 같이하셔야 합니다. 앞서 말씀드렸지만, 벼농사를 짓는 것이 회사의 철학을 잇는 것이랍니다. 작년과 올해 특히 벼농사가 힘들었는데, 논의 잡초들이 더 억세고 뿌리가 깊은 놈들로 바뀌었더라고요. 가을에 비까지 자주 내려 애를 먹었습니다.

미실란이 직접 경작하는 논은 제가 힘을 더 쏟으면 되지만, 문제는 미실란과 계약해서 유기농으로 특정 품종을 재배하는 농부들이 이와 같은 방식을 포기하지 않도록 배려하고 도와야 한다는 겁니다. 미실란 창업부터 계약 재배를 해온 농부들은 미실란의 경영철학에 동의해 주셔서 몇몇 어려운 고비들도 함께 슬기롭게 극복했습니다만, 어느덧 고령인 경우가 많기에, 그 어르신들 돌아가시고 나서 40대 이하 농부들이 그 논들을 이어받을 경우 과연 예전처럼 해나갈 수 있을까 걱정을 하고 있습니다.

쌀 가격도 가격이지만, 무농약 유기농으로 농사를 짓는 것이 여러 가지 어려움들이 있기에, 그것들을 감내하면서도 농사를 짓겠다는 마음을 먹어야 하니까요. 줄어들긴 하겠지만 최대한 지키기 위해 노력해야 하겠지요.

김탁환: 지금 미실란에서 경작하는 논은 얼마나 되나요?

이동현: 모두 다섯 개이고 4천 평 남짓입니다. 초창기엔 2만 1천 평을 혼자 했었죠. 다섯 개 중에 하나는 장남인 재혁이가 올해부터 맡아서 하고 있습니다. 자기가 책임지는 논이 생긴다는 건 대단한 사건이죠. 해보겠다는 의지도 대단하고 농부로서의 자긍심도 더 커진 듯합니다.

김탁환: 도와주실 건가요?

이동현: 처음엔 부족한 부분이 있으니 도와야죠. 물꼬는 늘 살펴야되고, 적절하게 물을 넣기도 하고 빼기도 해야 하니까요. 벼농사를 잘 모르는 사람들은 모를 심어놓기만 하면 저절로 자라는 줄 알아요. 물을 충분히 넣어주다가 7월 말경에는 한 번물을 빼야 해요. 그래야 뿌리가 깊게 논 흙으로 들어가거든요. 머리로는 알더라도 몸이 느껴야 합니다. 물을 잘 대는 것으로부터 벼에 대한 사랑이 시작된다고 보시면 됩니다.

이 대표는 섬진강 들녘에서 이제 겨우 스무 번 벼농사를 지었다고 했다. 계약 재배 농가 중엔 쉰 번 넘게 모를 내고 낟알을 수확한 농부도 계신다. 모이면 쌀값 걱정부터 하긴 하지만, 비닐하우스로 넘어가지 않고 벼농사를 평생 고집한 것은 어떤 '사랑' 때문이다.

이들의 바람은 완벽한 벼농사를 짓는 것이다. 스무 해 넘게 벼농사를 이어온 이 대표만 해도, 파종부터 탈곡까지 세세한 순서와 역할과 유의할 사항들을 눈을 감고도 외울 만큼 알고 있다. 그러나 아무리 대풍이 들었다고 해도 벼농사를 더는 짓지 않아도 되겠다는 생각이 들 만큼 완전무결한 벼농사를 지은 적은 아직 없다. 쉰 해 넘게 들을 오간 농부 역시 내년에는 조금 더 나은 농사를 짓고 싶다는 뜻을 밝힌다. 알면 알수록 살피고 챙기고 거듭 확인할 일이 늘어난다는 것이다. 그날이 그날처럼 보이지만, 단 하루라도 논을 살피지 않고 딴 데 정신이 팔리면 결국 나중에 표가 난다고 했다. 42.195킬로미터를 달리는 마라토너들이 단 한 걸음도 소홀히 하지 않는 것처럼!

농부가 정성을 다하더라도 완벽에 닿기엔 고려할 점들이 너무 많다. 햇볕이 충분이 들어야 하고, 논으로 드는 강물은 넉넉하고 깨끗해야 하며, 비는 충분히 내리되 가을엔 알곡이 여무는 것을 방해하면 안 되고, 큰 바람이 몰아쳐도 안 된다. 병이 돌아서도 안 되고 해충이 들끓어도 안 되며 새들이 몰려와도 안 된다.

사람의 힘으로 할 수 없는 일들이 너무 많기에, 농부는 매일 논으로 나가 두 손을 모으고, 벼가 잘 자라도록 도움을 준다는 온갖 신들에게 빌고 또 빌어왔다. 지독한 사랑이 아닐 수 없다. 이 대표는 이 사랑을 평생 놓지 않을 것이다.

대지와 호흡 맞추기

봄의 기운이 무르익어 마침내 여름의 문턱에 들어서는 때가 입하立夏입니다. 5월의 들녘은 더 이상 망설이지 않습니다. 햇볕은 분명히 뜨거워지고, 흙은 온기를 품은 채 생명들을 빠르게 밀어 올립니다. 이제 씨앗은 더디게 자라지 않고, 모는 하루가 다르게 키를 키웁니다. 들녘을 바라보는 농부의 걸음도 자연스레 빨라집니다.

입하를 지나 소만小滿에 이르면, '조금 찼다'는 뜻처럼 세상은 눈에 띄게 달라집니다. 보리 이삭이 여물기 시작하고, 논의 모들은 뿌리를 단단히 내리며 자리를 잡습니다. 소만은 아직 수확의 때는 아니지만, 농부에게는 한숨 돌릴 수 있는 절기입니다. 동시에 긴장을 놓을 수 없는 절기입니다. 잘 자라고 있는지, 물과 바람은 충분한지, 작은 변화에도 눈을 뗄 수 없습니다. 입하와 소만은 농사가 본격적으로 살아 움직이기 시작하는 시간이며, 자연의 속도에 농부의 호흡을 맞추는 절기입니다.

연구용 품종을 심는 법

봄비가 내린 지난 4월 마지막 주에 파종을 했습니다. 먼저 지난해 630여 종을 심었던 논에서 직접 낫으로 수확한 벼 품종들을 일부 선별해서 열탕 소독(67도에서 6분간 진행, 볍씨 종자의 잡균과 키다리병을 막기 위한 멸균의 과정)을 하고 발아를 시켰습니다.

볍씨를 심는 일은 생각보다 섬세한 작업입니다. 보통 포트 모판에 흙을 담고, 볍씨를 뿌린 뒤 다시 흙을 덮고 물을 뿌립니다. 그런데 위에서 물만 뿌리면 흙 속까지 고르게 스며들지 못해, 씨앗이 단단히 뿌리내리지 못할 때가 있습니다.

그래서 연구용 품종을 심을 때는 한 가지 과정을 더 거칩니다. 흙을 담은 모판을 먼저 물에 담가, 흙이 충분히 물을 머금을 수 있도록 하는 거지요. 이제 촉촉해진 흙 위에 발아된 볍씨를 살포시 올려놓습니다. 한 칸에 두 알씩 올린 씨앗이 보이지 않게 다시 흙을 덮고, 살짝 젖을 만큼 조심스럽게 물을 뿌려줍니다. 이때 종자가 섞이지 않도록 이름표를 미리 꽂아두고, 담당자를 확실하게 정해 한 모판에 한 가지 품종만 담는 것이 중요합니다.

파종을 마친 모판은 얇은 비닐로 덮어주고, 그 위에 다시 모판을 올려 여섯 단으로 쌓은 뒤 부직포와 보온 덮개로 덮습니다. 이는 온도와 습도를 잘 유지해 볍씨가 흙 속으로 천천히 뿌리내릴 수 있도록 하는 과정입니다.

일주일 후 덮개와 부직포, 비닐들을 벗겨내고 모판을 못자리로 옮겨 물을 채워주면, 이제 본격적으로 자랄 준비를 마친 셈입니다. 두 주 동안 물이 마르지 않도록 살피며 어린 싹들을 지켜봅니다. 이 모든 과정은 좋은 우리 쌀 한 톨을 얻기 위한 시간입니다. 그리고 그 쌀로 지은 한 끼를 통해 건강한 삶을 지키기 위한 부단한 노력이지요.

어느새 품종별 연구를 위한 파종 작업을 올해로 십칠 년째 하고 있습니다. 미실란 청년들과 함께하다 보니 섬진강가 곡성에서 터를 잡고 농사를 지어온 지난 세월이 파노라마처럼 지나갔습니다. 힘든 작업이지만 유기농 친환경 농사에 관심을 갖고 열심히 질문하며 참여하는 청년들을 보니 언젠가 우리 청년들이 주체적으로 더 잘 해낼 것이라는 확신도 생겼습니다. 먼 훗날 농부과학자 이동현은 평생 씨앗의 가치를 지키기 위해 씨 뿌리며 연구하는 농부였다는 말을 들을 수 있다면 대만족일 것 같습니다.

파종 후에는 작은들판음악회와 책방에서 준비한『김탁환의 섬진강 일기』북토크도 성황리에 마무리했습니다. 이달 말부터는 이제 모내기를 시작으로 본격적인 논농사를 시작합니다. 섬진강과 우리 땅을 지키는 농부로서 계속 소식 전하겠습니다.

2022

볍씨 한 알이 흙과 사귈 때까지

어린 시절에는 모판이나 포트가 없어 발아된 볍씨를 논에 직접 뿌려 모를 키웠습니다. 그러나 많은 농민들이 농촌을 떠나 일손이 부족해진 1990년대부터 논에 직접 파종하는 못자리 방식은 보기 힘든 풍경이 되었습니다. 볍씨들이 한참 뿌리를 내리기 시작할 때라 모를 떼어내고 옮기는 작업에 힘이 많이 들어서 보통 집안의 건장한 남성들이 이 일을 하는데, 농촌 사회구조가 변하면서 이 방식을 더 이상 유지할 수 없게 된 것입니다.

저도 2006년 곡성에 첫발을 내딛고 처음 한 일이 278품종을 발아시켜 논 못자리를 한 것이었는데, 이제는 시대의 변화에 맞춰 다른 방식으로 모를 키웁니다. 바닥이 평평한 야외에 먼저 부직포를 깔고 그 위에 두꺼운 비닐을 깔아 테두리를 나무나 벽돌 등으로 감싸 얕은 수영장처럼 물을 가둡니다. 그곳에 정성껏 파종한 모판을 내려놓고 모판이 완전히 잠기지는 않게 물 높이를 조절하지요. 밤 기온에 잘 견딜 수 있도록 하얀 부직포로 덮습니다. 예전의 논 못자리 방식을 유사하게 구현하는 것입니다.

이 과정조차도 수행할 인력이 부족한 농가들은 육묘장에서 키운 모를 구입해 모내기를 합니다. 육묘장이나 비닐하우스의 못자리 방식은 스프링클러로 물을 뿌리고 온도를 높여 모를 쑥쑥 키우는 것이다 보니 기간도 단축하고 노동력 부담도 훨씬 줄어들었지만, 어린 시절부터 모가 급하게 커버리면 튼튼한 벼로 자라기가 쉽지 않습니다.

우리의 전통 농사법은 고되고 힘은 들지만, 볍씨 한 알 한 알이 흙과 천천히 사귀고 자신만의 우주를 만들어갈 수 있도록 충분히 인내하는 방식이었습니다. 미실란도 그 정신을 이어가고자 합니다.

마지막 주 토요일에는 아름다운 '죽설헌' 정원의 이야기와 그림을 감상할 수 있는 박태후 작가의 북토크와 전시가 있습니다. 곡성에 오셔서 모내기를 시작한 들녘을 바라보며 대자연의 생기를 느껴보시길 바랍니다.

2023

올해도 어린 생태학자들을
만나겠습니다

곡성에서 농사짓는 논 말고도 제가 특별히 신경 쓰고 있는 논이 한 곳 더 있습니다. 광주에 있는 초등학교에서 돌보고 있는 '한 평 논'입니다. 몇 년 전, 『마을 발견』 저자이기도 한 송경애 교장선생님께서 도시 아이들도 벼농사를 간접 경험하며 생태적 감수성을 키울 수 있는 기반을 만들어보면 좋겠다는 요청을 해왔습니다.

이를 계기로 지난해까지 삼 년간 광주 신용초등학교 '나는 생태학자다' 동아리 친구들과 함께 한 평 논에서 농사를 지었답니다. 학교에서 아이들이 등하굣길에 언제든 살필 수 있도록 아주 작은 논을 만들고 볍씨 한 알이 발아하여 벼꽃이 피고 이삭이 맺혀 밥상에 오르는 쌀이 되기까지의 모든 과정을 함께 관찰하고 살피는 활동이었지요. 아이들과 만날 때마다 자연스럽게 논 습지의 역할, 생명

다양성과 건강한 먹거리의 의미와 가치에 대해 이야기하면서 살아 있는 생태 공부를 진행할 수 있었습니다.

올해는 광주 월계초등학교에서 새롭게 논 생태교육을 시작했습니다. 몸과 마음이 바빠지는 시기에 연락을 받아 잠시 고민했지만, 어린이 생태학자들을 만나는 그 기쁨을 포기할 수가 없었습니다. 다음 세대의 아이들이 지속가능하고 건강한 농업의 가치를 이해하는 것이 무엇보다도 중요하다고 생각하기에, 설레는 마음으로 강의를 준비했습니다. 학교에 도착해 아이들에게 벼의 한 해 성장 과정과 건강한 논 생태계에 대해 설명하는데 똘망똘망한 눈빛으로 경청해 주는 모습에 한참을 신나게 설명했습니다.

기본적인 이론 강의를 한 후에는 반별로 볍씨 파종 방법을 알려주었습니다. 사랑스러운 어린아이를 살짝 눕히고 그 위에 부드러운 이불을 덮어주듯 정성껏 파종하자고 알려주었더니, 아이들이 정말 잘 따라와주더군요. 싹 틔운 볍씨를 포트에 두 개씩 살포시 올려주고 상토를 덮어준 다음 촉촉하게 물 뿌리는 것까지 아이들이 직접 작업하며 차분하게 잘 마무리했습니다.

작은 볍씨가 자라 어린모가 되고 분얼(식물 생육 과정의 가지, 새끼치기)을 하며 수백 개의 낟알이 맺히는 과정까지 한 해 동안 곁에서 관찰하다 보면, 쌀 한 톨이 얼마나 귀한 것인지 절로 배울 수 있겠지요. 올해도 생태교육의 가치와 중요성을 깊이 공감해 주는 선생님들 덕분에 어린이 생태학자들과 귀중한 만남을 가질 수 있었습니다. 프로그램을 기획하고 준비해 주신 선생님들의 노고에 진심으로 감사드립니다.

예전보다 빠르게 날씨가 더워지면서 농촌 들녘의 모내기 시기가 빨라지고 있음을 체감합니다. 미실란은 올해도 변함없이 제초제 한 방울 사용하지 않는 유기농법으로 농사짓습니다. 어린모가 자라는 들녘의 아름다운 풍경이 궁금하시다면 5월이 끝나기 전에 미실란에 놀러오세요.

2024

박사 양반이 왜 이렇게 힘든 일을?

제가 직접 농사짓는 논뿐만 아니라 미실란과 계약 재배를 하고 있는 지역 농민들을 살피는 일도 중요한 일입니다. 농민들이 지구와 생태계를 지키는 유기농 쌀농사를 포기하지 않고 지켜갈 수 있도록, 그리고 힘들고 귀하게 키운 작물을 제값을 받고 판매할 수 있도록 협력하는 일에도 항상 마음을 쓰고 있습니다.

독립적으로 농사를 시작하기로 한 큰아들과 함께 곡성 겸면에 있는 계약 농가를 방문해 파종 작업을 함께했습니다. 친환경 발아 현미에 적합한 삼광벼, 폴리페놀이 풍부한 적미 계통의 다홍미, 그리고 안토시아닌이 풍부한 흑미까지 이천이백 개의 모판을 준비했습니다. 한 판 한 판의 모들이 잘 자라 올해도 건강한 유기농 쌀로 다시 돌아오기를 바라며 농민들과 또 한 해를 시작합니다.

모내기철이 되면 이십 년 전 곡성에 처음 이주해서 지역 농가들을 만나 찾아다니며 친환경 농법을 설득했던 그 시절이 떠오릅니다.

박사까지 공부만 했던 사람이 왜 이렇게 힘들게 농사짓느냐고 하는 분들도 계셨지만 그래도 마음을 열고 함께 해보자며, 지금까지 약속을 지켜주는 농부님들이 계셔서 얼마나 감사한지 모릅니다. 무엇보다도 이 약속이 지켜질 수 있었던 건 미실란 쌀을 사랑해주는 여러분이 계신 덕분이지요.

자연의 생명도 살리고 국민들 건강도 챙기며 친환경 농가의 경제력도 키우고자 했던 그 첫 마음을 이십 년째 지킬 수 있도록 해주셔서 감사합니다. 감사한 마음 잊지 않고 올해도 지역 농부님들과 더 밀착해서 건강한 들녘에서 친환경 벼농사 잘 지어보겠습니다.

2025

볍씨 한 알 한 알이 흙과 천천히 사귀고
자신의 우주를 만들어갈 수 있도록 인내합니다.

논의 정수를 체험하는 생태학교

강 습지인 섬진강이 걸어서 십 분이고, 논 습지는 아예 카페 '씨앗의 마음'과 붙어 있다. 폐교이기에 운동장은 넓고, 건물도 긴 복도를 따라 배우고 익히기 좋도록 교실들이 나란했다. 생태학교를 열기에 최적지인 것이다.

폐교와 들과 강만 그런 것이 아니라, 이동현 대표 역시 생태체험과 교육에 남다른 관심이 있었다. 규슈대학교에서 박사학위를 받을 때만 해도 한국으로 돌아와 대학교수로 수업과 연구를 병행할 계획이었다. 우여곡절 끝에 교수의 길을 접었지만 대학에는 계속 출강했고, 미생물학의 관점에서 동식물을 어떻게 연구해야 하며 또 어떤 농사를 짓는 것이 가장 좋은가를 여러 자리에서 강연했다.

2021년 내가 곡성에 합류했을 때, 벌써 미실란에선 다양한 체험과 강연이 부정기적으로 이뤄지고 있었다. 계절을 따라 모내기 체험, 논 생물 다양성 체험, 추수 체험 등을 했으며, 초중고 학생들에겐 농부이면서 과학자로서 현장 경험이 풍부한 생태 강의를 했다. 곡성을 비롯한 지방 농촌에 정착하려는 이들을 위한 귀촌 강의도 했고, 농민회를 비롯한 농민 조직에서 견학을 오기도 했다. 체험이나 강의 방식이나 내용이나 예산 등은 확정되지 않은 채 그때그때 달랐다. 벼를 기르고 쌀을 가공한 제품 생산이 미실란의 중심이고, 체험과 강연은 이를 위한 과외 프로그램으로 여겨졌다.

기미경 팀장이 들어오고 혁신사업팀이 꾸려지면서 체험과 교육이 미실란의 중심 영역으로 자리 잡았다. 2021년 12월 '생태책방 들녘의 마음'까지 문을 열면서, 학교의 형태로 지속적인 체험과 교육을 할 필요성이 더욱 커졌다.

일 년 동안 미실란에서 이뤄지는 모든 체험과 교육은 '미실란 생태학교'라는 큰 틀로 묶을 수 있다. 그러나 아직은 이 학교를 전면에 내세워 움직이기엔 학교 프로그램과 강사진과 예산 등을 더욱 고민하고 준비해야 한다. 계속 정돈하며 의논을 하곤 있지만 완결 짓지 못한 상황에서, 나는 생태학교에 대한 이 대표의 솔직한 생각들을 듣고 싶었다.

김탁환: 생태체험 중에서 최근까지 가장 공들인 것은 곡성 지역 유치원생들의 벼농사 체험이죠?

이동현: 맞습니다. 곡성 지역 전체 유치원생들을 대상으로 하며, 4세

반 5세반 6세반 7세반까지 참가합니다. 늦봄의 손 모내기 체험, 여름의 다양한 논 생물 체험, 가을의 손 추수 체험으로 이뤄집니다. 모만 심고 돌아가는 것이 아니라 자신이 심은 모가 낟알로 영글 때까지 최소한 세 번은 와서 살피는 것이 죠. 논으로 가서 체험을 하기 전엔 반드시 강의를 합니다. 이 체험의 의미와 무농약 유기농 벼농사가 갖는 의미를 유치원 생들에게 알려주기 위해서죠. 팔 년 동안 한 해도 쉬지 않았습니다.

김탁환: 앞으로도 계속 해나갈 계획이신가요?

이동현: 미실란은 변함이 없습니다만 아마도 내년부터는 축소되지 않을까 싶습니다.

김탁환: 이유가 무엇인가요?

이동현: 모를 심어봤다거나 논에 들어가봤다는 식으로 경험만 강조하고 끝내려는 경향이 삼 년 전부터 많아졌습니다. 쌀의 가치, 들녘의 가치, 들녘에 사는 생명들의 가치를 아는 것이 핵심인데, 일부 유치원 원장과 교사들은 그런 걸 알기엔 유치원생들이 어리다고 생각하는 건지 사진만 찍고 가려고 하더군요. 논 생물을 조사하려면 논에 직접 들어가서 살펴야 하지 않겠습니까? 그런데 원생들 신발이나 바지가 젖으면 안된다고 논 밖에서 뜰채로만 이리저리 휘젓다가 마는 겁니다. 그렇게 해선 논에 사는 생물을 백 분의 일도 알 수 없습니다.

김탁환: 저도 보조교사로 대표님을 따라 참여해 보니까, 대부분의
선생님들은 열심히 하시는데 몇몇 선생님들은 아예 논 근처
로 오시지도 않더군요. 선생님들이 솔선수범해서 논으로 들
어가는 반의 원생들은 즐겁게 논에서 다양한 생각도 하고
경험도 쌓게 되지만, 선생님들이 논 체험의 가치를 알지 못
하면 제대로 체험 교육을 하기 어렵겠지요. 참여하는 유치
원이 점점 줄어들고 있는 건가요?

이동현: 유치원 수도 줄어들긴 하는데, 문제는 참여하는 유치원들도
7세반만 하겠다는 겁니다. 4세 5세 6세는 어리다는 것이죠.
하지만 흙을 만지고 밟고 모를 심는 경험은 어리면 어릴수
록 좋습니다. 7세부터는 되고 그 이하는 안 된다고 정하는
건 어른들의 오만이죠.

아주 어렸을 때부터 생명을 기르고 살리는 것이 갖는 가치
를 아는 것이 중요합니다. 그걸 모르거나 지나치면, 인간에
게 해를 끼치지 않는 벌레들인데도 징그럽다며 밟아버리고
스프레이를 뿌려 죽이려 듭니다. 곡성 지역 유치원에서 계
속 소극적으로 나온다면, 그동안 곡성군에 국한하던 교육을
내년부터는 참가가 가능한 유치원들이 있는 지역으로 확장
할까 싶기도 합니다.

이 대표의 표정이 씁쓸했다. 나도 오 년 동안 곁에서 곡성 지역
유치원생들의 논 체험과 교육을 지켜보았다. 유치원생들 방문이

확정된 날엔 이삼일 전부터 분주하다. 초등학생들보다 서너 배는 더 준비하고 점검해야 하기 때문이다. 조금이라도 안전에 문제가 있는 요소들은 미리 없애고, 유치원생들이 천천히 하나라도 더 알아갈 수 있도록 체험 시간을 새로 정하며, 이들을 존중하기 위해 미실란 직원들이 갖춰야 할 말투와 자세도 거듭 알려주고 연습까지 한다. 논바닥을 훑으며 딱딱한 돌이나 나뭇가지들이나 플라스틱 조각들을 걷어낸다.

따로 시간과 정성을 들여 이처럼 만반의 준비를 하는 건 유치원생들을 한 명이라도 더 많이, 한 뼘이라도 더 가깝게 논으로 데리고 들어가기 위해서이다. 이와 같은 노력을 유치원 원장이나 교사들이 알아주고 지지하지 않는다면, 체험을 이끄는 이 대표로선 어깨에 힘이 빠질 수밖에 없는 것이다. 나는 어두운 분위기를 바꾸기 위해 말머리를 돌렸다.

김탁환: '한 평 논' 이야기로 넘어가볼까요? 광주에 있는 신용초등학교를 거쳐 지금은 월계초등학교와 '한 평 논' 프로젝트를 하게 된 과정을 우선 설명해 주시죠.

이동현: 곡성군에서 벼농사를 짓는 미실란과 대도시인 광주광역시의 초등학생들이 힘을 합쳐 벼를 심고 기르는 프로젝트라고 보시면 되겠습니다. 오래전부터 미실란의 여러 활동을 적극적으로 후원해 주신 송경애 선생님이 신용초등학교에 교장으로 부임하시면서 프로젝트가 시작되었다고 보는 게 맞겠

습니다. 제가 신용초등학교에 가서 강의를 한 뒤 '나는 생태학자다'라는 동아리가 만들어졌죠. 그 동아리 학생들이 곡성으로 직접 와선 미실란에서 재배하는 논을 보고 가기도 했고요.

동아리 아이들만 이런 체험을 하기엔 너무 아깝다고 여겨서, 그다음부턴 전교생을 대상으로 벼농사에 대한 강의를 하고 또 직접 모를 심고 벼를 길러 수확하는 프로젝트로 확장했습니다. 신용초등학교 교정에 논이 있을 리는 없으니, 커다란 고무통에 흙을 채워 '한 평 논'이라고 이름을 붙인 겁니다. '한 평 논'에 심을 모를 여러 품종으로 골라 가져갔고요. 아, 모와 함께 논 흙도 가져갔습니다.

김탁환: 곡성의 논 흙을 가져갔다고요?

이동현: 학교에는 가지고 있는 게 원예용 상토니까요. 벼를 제대로 키우려면 논 흙이 필요합니다. 그래서 제가 일부러 곡성에서 논 흙을 가져갔지요. 농약을 전혀 치지 않고 유기농으로 농사를 지은 논의 흙이니까, 학생들이 꼭 이 흙으로 농사를 짓도록 하고 싶었답니다. 또 곡성의 논에 사는 다양한 생물들, 투구새우나 풍년새우나 청개구리를 우렁이와 함께 가져가서 '한 평 논'에 넣었습니다. 늦봄부터 가을까지 학생들이 정성을 다해 길러서 수확까지 무사히 마쳤지요.

김탁환: 저도 수확할 때 이 대표님과 함께 가서 봤지요. 월계초등학교로 옮겨간 이유는 무엇인가요?

이동현: 송경애 선생님이 신용초에서 월계초로 전근을 가실 때, 몇
몇 선생님들이 따라서 옮기셨더라고요. 그 선생님들로부터
연락이 와서 신용초에서 하던 '한 평 논'을 월계초에서도 했
으면 좋겠다는 제안을 받았습니다. 5학년 학생들이 맡아서
'한 평 논'을 길렀지요. 올해도 풍년이라서, 추수를 마친 후
거둔 쌀로 빚은 떡을 선물로 받았고요. 또 볏짚으로 만든 리
스까지 성탄 선물로 받았습니다. 도시와 농촌, 학교와 농부
의 진정한 연대가 이런 것인가 싶더군요. 앞으로도 계속 '한
평 논' 프로젝트를 이어가고 싶습니다.

김탁환: 학생뿐만 아니라 성인들도 체험과 교육을 위해 미실란을 꾸
준히 찾고 있지요?

이동현: 농민 단체나 귀촌자 교육은 계속하고 있습니다. 특이한 점
중 하나는 코로나가 끝난 후부터 교사들을 교육하는 기회가
부쩍 늘었단 겁니다. 특히 서울과 인천과 경기도 등 수도권
교사들로부터 생태교육을 받고 싶다는 연락이 끊이질 않았
습니다. 전염병의 확산으로 기후위기를 실감한 데다가, 학
교에서 생태교육을 실시해야 하는데 구체적인 방법을 제대
로 몰랐던 것이죠. 서울시 교육감을 비롯하여 생태교육 담
당자들이 미실란을 직접 방문하고, 이곳에서 교사 연수를
지속적으로 하고 싶다는 뜻을 밝혔습니다.

폐교의 창고였던 곳을 리모델링하여 복합문화공간 '밥채의
마음'으로 단장한 것도, 많게는 백 명에 이르는 교사들을 한

자리에 모아놓고 생태교육을 실시하기 위함이었죠. 강의를 들은 후에는 논과 밭을 직접 보고 또 섬진강까지 산책할 수 있으니, 생태교육에 이보다 최적화된 곳은 드물 겁니다.

농촌에서 논이 계속 줄어들어 걱정이라는 뉴스가 계속 나오는 상황에서, 대도시의 초등학생들에게 벼농사의 가치를 알려주고 직접 한 해 동안 벼를 기르도록 이끄는 학교와 교사도 있는 것이다. 학교란 소중하게 여기며 간직해야 하는데도 이런저런 이유로 사라져가는 일과 사물과 사람들을 아끼고 존중하는 곳이 되어야 한다. 하늘과 사람과 사물을 공경하는 마음으로 앞으로도 계속 '미실란 생태학교'를 그려나갈 것이다.

씨앗의 마음을 기억하며

　　망종芒種은 곡식의 종자를 뿌리기에 알맞은 때로, 음력으로는 5월, 양력으로는 대개 6월 초 무렵입니다. 망종을 넘기기 전까지 보리와 밀을 베어야 논과 밭을 갈 수 있고, 그래야 논에 벼를 심고 밭에 콩과 깨 모종을 옮길 수 있습니다. 살구와 매실이 익는 시기 또한 이때여서, 남쪽 농촌에서는 "망종에는 발등에 오줌 싼다"는 말이 전해질 만큼 하루가 모자란 시간을 보냅니다.

　　망종의 분주함이 지나고 하순으로 접어드는 하지夏至에 이르면, 태양은 일 년 중 가장 높은 자리에 오릅니다. 낮이 가장 길어지고, 볕은 숨김없이 들녘을 내리쬡니다. 이제 벼는 논에 자리를 잡고 뿌리를 내리며, 들녘의 생명들은 각자의 속도로 여름을 준비합니다.

　　하지는 더 많이 일하라는 계절이 아니라, 지나치지 않게 살피라는 시기입니다. 볕과 물, 바람이 과하지 않은지 가늠하며 농부는 매일 논을 들여다봅니다. 망종과 하지는 농사가 본궤도에 올라섰음을 알려주며, 자연의 속도 앞에서 인간이 겸손해져야 함을 일깨웁니다.

벼와 땅의 만남

올해는 겨울부터 시작된 가뭄이 모내기 시기까지 이어져서 농사용 물을 저장한 저수지가 대부분 바닥을 보였고, 섬진강 강물도 돌들이 다 드러날 정도였습니다. 그나마 제가 농사짓는 논은 섬진강 바로 곁에 있어 매년 논에 물을 채우는 큰 물싸움은 없으니 그저 감사할 따름입니다.

모내기 일주일 전부터 농부는 부지런히 논에 물을 가두기 시작합니다. 물꼬를 통해 논바닥 가득 물이 채워지는 것을 보고 있으면 마음이 한없이 넉넉해지지요. 논으로 들어온 물이 땅속으로 충분히 스며들고 한차례 쟁기질해 놓은 흙더미 위까지 수면이 올라올 즈음, 트랙터로 무논(물논) 논갈이를 합니다. 두 번 정도 트랙터로 논갈이한 뒤 모내기 삼 일 전에 써레질을 하는 것이 보통입니다.

친환경 벼농사에서는 써레질이 특히 중요한데요. 써레질을 잘해서 논바닥을 수평으로 만들면 논에 물을 채웠을 때 우렁이가 고르게 잡초를 제거할 수 있지만, 잘못하여 논바닥에 높낮이가 생기면 곤란해집니다. 물을 채웠을 때 어느 곳은 깊어서 모내기 한 모가 물속에 잠겨 우렁이가 어린모를 끊어 먹어버리는 불상사가 발생하지요. 이렇게 되면 농부가 직접 논에 들어가 모를 다시 심어야 합니다.

반면 얕은 곳은 흙이 그대로 노출되어 우렁이가 다니지 못해 잡초를 제거할 수 없습니다. 농부가 들어가서 잡초를 8월 말까지 뽑아야 합니다.

써레질이 끝나고 삼 일 정도 기다리면 흙탕물이었던 논이 맑은 물과 논 흙으로 구분이 됩니다. 그럼 맨발로 논에 들어갔을 때 발목 정도 물이 차도록 수위를 맞춰 물을 빼고 모내기하기에 적당하게끔 준비를 합니다.

올해도 미실란은 망종 전후로 모내기를 했습니다. 4월 말 포트에 하나하나 정성껏 파종한 연구용 품종은 두 차례에 걸쳐 손 모내기를 하였는데요. 첫 손 모내기 날에는 미실란의 청년들과 초보 농부인 김탁환 작가, 그리고 고마운 지인분들과 곡성살이를 체험하고 있는 분들이 함께했고, 두 번째는 '2022 미실란 생태학교 쌀 학교 손 모내기 체험'을 신청해 주신 참가자분들과 함께했습니다.

특별히 올해는 곡성에 있는 모든 유치원 아이들과도 함께 손 모내기 체험 프로그램을 진행했는데, 아이들이 건강하게 자라날 세상을 위해 농부로서의 마음가짐을 다잡았습니다.

모내기가 끝난 논에서 어린모들이 흙과 어울려 뿌리내리기 시작하고, 살랑대는 바람에 산들산들 흔들리는 아름다운 풍경을 마주하면, 손 모내기를 하며 보낸 고된 노동의 시간들이 눈 녹듯 사라집니다. 농부 대신 잡초를 제거해 줄 우렁이까지 방사했으니 이제부터는 아침저녁으로 부지런히 물관리를 하고, 잡초를 뽑아야 합니다. 건강한 밥상의 시작인 파종과 모내기를 마친 농부는 날마다 논둑을 거닐며 벼와 논 속에 사는 생명들과 이야기를 나눕니다.

망종 전 지난 십칠 년 동안 늘 제 곁에서 들녘 논둑을 함께 거닐며 마음을 읽고 위로해 주던 미실란 지킴이 복실이가 먼 길을 떠났습니다. 복실이와 거닐었던 그 논둑길에서 여전히 마음은 함께하고 있음을 알기에, 변함없이 아름다운 섬진강 들녘 잘 지켜가보려 합니다.

2022

손 모내기의 가치를 아는 사람들

6월의 첫날, 미실란 모든 식구들은 손 모내기를 했습니다. 제가 2006년 첫 손 모내기를 했을 때가 6월 29일이었는데, 올해는 5월 초부터 모내기를 시작하는 농부들이 있으니 해가 지날수록 모내기 시기가 빨라지고 있음을 실감합니다.

지구 온난화로 더워지는 날씨의 영향도 있지만, 대부분 비닐하우스를 이용하다 보니 전보다 빠른 속도로 모를 키워냅니다. 여기에 기술의 발달로 이앙기를 사용하면서 모내는 시기도 빨라지고, 전체적인 일정도 짧아졌지요.

모내기 전후로 들녘에는 농부들이 전보다 자주 모습을 보입니다. 자신의 논에 물을 넣기 위해 수로를 살피는 것이죠. 미실란 논은 제초제 대신 우렁이를 논에 방생해서 잡초를 제거하고 있기에 논의 물

수위가 참 중요하답니다. 물이 찰랑찰랑하게 있는 논바닥을 기어다니며 어린 잡초를 먹는 우렁이들이 자신의 역할을 잘 할 수 있도록 챙기는 일은 친환경 농사에서 잡초와의 겨루기에서 승기를 잡을 수 있는 중요한 덕목이지요.

올해 손 모내기는 새롭게 입사한 청년 직원들에게 친환경 생태농업과 쌀 그리고 논의 가치를 깊이 알려주고자 다양한 방식으로 작업했습니다. 미실란에서 집중 연구하고 있는 당뇨와 비만에 좋은 발아현미 전용 모는 딱 한 포기씩만 심었고, 간격은 15센티미터, 30센티미터, 45센티미터 차이를 뒀습니다. 친환경 농업에 적합한 재식밀도(단위 면적 안에 심어 가꾸는 식물의 수)를 현장해서 비교 분석하기 위함이지요.

일부 품종은 우렁이와 사람의 간섭이 전혀 없는 상태에서 잡초와 경합을 어떻게 하는지 조사하기 위해 별도 구간에 작은 논둑도 만들어 심었습니다. 직원들은 구간별 병해충 발생 여부, 쌀의 수확량, 품종별 발아 특성 등을 현장에서 파악하고 배움으로써 지속가능한 생태농업을 한 걸음 더 깊이 이해할 수 있을 겁니다. 직접 눈으로 보고 경험하는 것만큼 좋은 건 없으니까요.

오늘도 아침 일찍 일어나 논둑을 걸으며 드렁허리(논장어)가 뚫어놓은 논둑 구멍을 막고 들녘을 살피며 하루를 시작했습니다. 하늘과 바람, 햇살과 비가 우리 벼들을 잘 키워주길 바라는 마음으로요.

2023

작은들판음악회에서는
모두가 가수입니다

지난 5월 25일에는 제29회 미실란 작은들판음악회를 열었습니다. 어느덧 스물아홉 번째를 맞이하는 음악회를 돌아보며, 그리고 올가을에 열릴 서른 번째 음악회를 구상하며 우리가 왜 음악회를 하고 있는지에 대해 찬찬히 정리해 봅니다.

미실란 작은들판음악회는 2006년 제 짝꿍인 남근숙 이사의 제안으로 시작되었습니다. 트로트 가수를 비롯한 유명 가수도 좋지만 지역의 문화예술인들과 함께 소통할 수 있는 자리가 농촌 지역에 부족하다는 아쉬움에 우리가 먼저 그 장을 열어보자고 이야기를 나눴던 것이죠.

그렇게 작은 아이디어에서 출발해 넓은 미실란 운동장을 음악회 무대로 구상하면서 우리 부부는 세 가지 다짐을 했습니다. '경계가 없고, 평가가 없고, 술이 없는' 자연스럽고 평화로운 시간을 함께 공유하는 것을 지키자고 말이죠.

첫 회 출연진을 떠올려보면 저도 모르게 흐뭇한 웃음이 납니다. 무대가 익숙지 않은 출연자들의 어설프지만 귀여운 모습이 참 예쁘고 아름다운 순간이었답니다. 소박하게 시작한 미실란 작은들판 음악회는 풍경과 공간이 아름다운 덕분인지 회차를 거듭하면서 출연하고 싶다는 분들의 요청이 점점 늘어났습니다. 그래서 한 해 한 번 계획했던 것에서 봄과 가을 두 번으로 회차를 늘려, 봄에는 '풍년기원 작은들판음악회'를, 가을에는 '추수감사 작은들판음악회'를 운영하는 것으로 정착이 되었지요.

작은들판음악회를 시작하면서 미실란에 자연스럽게 문화가 스며들기 시작했습니다. 곡성이 인구 소멸 위기 지역이라고 해도 역시 사람 사는 곳에는 문화와 예술이 곁들여져야 삶이 풍성해진다는 것을 배울 수 있는 나날이었습니다. 복도 갤러리에서는 지역의 작가들과 함께 그림전, 사진전을 진행하고, 교실 한 칸을 활용한 세미나실에서는 환경과 생태를 주제로 한 다큐멘터리 상영회와 북토크를 합니다.

여기에 생태판소리한마당과 지역 활동가들과 함께하는 섬진강 마을영화제까지, 해를 거듭할수록 문화의 폭이 점점 넓어지고 다양해지고 있습니다. 처음 곡성에 들어와 사업을 시작하면서, 작지만 매력 있고 지역 문화와 함께 아름답게 성장하는 농업기업을 만들겠다는 생각이 현실로 되어가고 있어 그저 감사할 따름입니다.

이번 음악회는 평화로운 섬진강 들녘을 곁에 두고 선선하게 불어오는 늦봄의 온화한 날씨 속에서 서로에게 다정한 웃음과 위로를 건넬 수 있는 시간들로 채워졌습니다. 저녁식사로 준비한 발아 오색쌀로 만든 채식 밥상도 다들 좋아해 주셔서 더 벅찬 마음이었지요.

이번 주면 이제 미실란 모내기 작업이 모두 마무리됩니다. 모들이 건강하게 클 수 있도록 세심히 살피고, 잡초도 부지런히 뽑으면서 여름을 맞이하겠습니다.

2024

나이 불문 거리 불문, 모내기 체험

  망종에 맞춰 품종 연구용 논의 손 모내기를 마무리하였습니다. 다음 주쯤 비가 그치면 우리밀을 알리고자 미실란 카페 '씨앗의 마음' 옆에 심어두었던 네 가지 밀 품종의 수확을 진행할 예정입니다.

  2025년의 첫 모내기는 십 년 넘게 논 생태 체험 교육을 해오고 있는 곡성유치원 어린이들과 함께했습니다. 논에 들어가기 전, 논 습지에서 지구를 지키는 작은 생명들과 새, 날짐승 등 어우러져 살아가는 생태계 이야기를 들려주었습니다. 또 벼를 키워 우리가 먹는 건강한 먹거리가 된다는 과정도 알려주었습니다. 그림을 곁들여 천천히 이해하기 쉽게 설명해 주니 반짝반짝 빛나는 눈빛으로 집중하며 귀 기울여 듣는 모습이 너무도 사랑스러웠답니다.

  두 번째 모내기는 멀리 포항에서부터 전국 단위로 참여해 주신 생태체험단 열댓 명과 미실란 직원들이 함께했습니다. 새참으로 발아현미로 만든 시원하고 고소한 미숫가루를 마시고, 열심히 모내기를 마친 뒤에는 꿀맛 같은 오색 밥상과 달콤한 수박 후식까지 즐겼습니다. 모두의 얼굴에 뿌듯한 미소가 번졌습니다. 친환경 농사와 건강한 먹거리를 주제로 한 강의, 참가자들과 소감을 나누는 시간 등 의미 있는 하루를 보냈지요.

세 번째, 네 번째 체험은 곡성 주민들을 대상으로 진행한 프로그램이었습니다. 양일간 스물다섯 명씩 참여했는데, 그중 한 아이는 곡성유치원에 다닐 때 체험한 기억이 너무 좋아 가족들과 함께 다시 신청해서 온 것이었습니다. 엄마, 이모, 사촌언니까지 온 가족이 함께 모내기를 즐기는 모습이 참 정겨웠습니다.

체험을 마친 아이가 "박사님, 우리 쌀과 논 생명들을 지켜주셔서 고맙습니다" 하며 직접 그린 그림 편지와 작은 먹거리 선물까지 전해 주었는데, 따뜻하고 사랑스러운 마음에 뭉클함이 밀려왔습니다.

어제 마지막으로 진행한 다섯 번째 모내기 체험단은 구례에서 온 초등학생과 학부모님들이었습니다. 체험 당일 새벽까지 많은 비가 내려 걱정이었는데, 다행히 하늘이 아이들을 위한 시간을 지켜주고 싶었는지 거센 빗방울은 안개비로 바뀌었습니다. 덕분에 덥지 않게 모내기 체험을 즐길 수 있었습니다.

다섯 번의 모내기 체험 프로그램 외에도 틈틈이 미실란에서 직접 농사짓는 논, 큰아들의 논, 그리고 미실란의 든든한 협력자인 지역 계약 농민들의 논을 다니면서 동에 번쩍 서에 번쩍 이 주간의 모내기를 마무리했습니다.

작은 씨앗이 가진 무궁한 잠재력과 성장의 힘을 다시금 기억합니다. 모내기가 마무리되니 섬진강 들녘이 더 아름답네요. 마음이 지치고 힘들면 '논멍' 하러 미실란에 놀러오세요. 넉넉한 들녘이 여러분을 위로해 드릴 테니까요.

2025

작은 씨앗이 가진
무궁한 잠재력과 성장의 힘을 기억합니다.

식구라고 불릴 때마다

회사 직원들을 '가족'이라고 부르는 것이 한때 유행이었다. 가족이라는 단어를 앞세워 공과 사의 경계를 흐린다는 비판이 뒤따랐다. 회사는 마을도 아니고 공동체도 아니고 가족도 아닌 회사일 뿐이라는 주장도 있는 것이 사실이다. 자연부락을 중심으로 활동하는 이들 중엔 이동현 대표를 자본가로 몰며, 함께 어깨 거는 동지로 받아들이려고 하지 않았다. 이에 대해 이 대표는 미실란이 마을이며 공동체이며 식구이고자 애써왔다며 맞섰다.

나는 이 대표가 식구라고 부르는 이들을 두 그룹으로 나누어 살피려고 한다. 하나는 주민등록등본에 나란히 올라 있는 아내 남근숙 이사와 장남 이재혁, 차남 이재욱이고, 또다른 하나는 이 대표가 미실란 '가족'이라 칭할 때 가장 먼저 언급되는 직원들이다.

김탁환: 『아름다움을 지키는 것이다』를 출간하고 북토크를 갔을 때, 이 대표님의 아내 남근숙 이사님과 두 아들에 대한 질문이 꽤 많았습니다. 그 책에 담지 못한 이야기를 더 나눌까 합니다. 먼저 남 이사님 이야기를 해볼까요? 미실란 이십 년에서 남근숙 이사님의 역할은 뭐였다고 생각하십니까?

이동현: 동지입니다. 같은 뜻을 지니고 같이 움직인 사람이죠. 모든 과정에 함께했기 때문에, 제가 하는 게 남근숙 이사가 하는 거고 남근숙 이사가 하는 게 제가 하는 겁니다. 게다가 제가 못하는 것들까지 남 이사가 더 많이 했지요.

김탁환: 제가 보기에도 동지는 확실합니다. 대표님은 못 하시는데 남 이사님이 감당하고 계신 일들이 어떤 것들일까요?

이동현: 창업부터 지금까지 회사 내부 관리를 맡고 있죠. 계획을 미리 세워두고 하는 일들도 있지만 그때그때 닥치는 일들 또한 적지 않습니다. 그 일들을 할 것인지 말 것인지, 한다면 어떻게 할 것인지 판단하는 것도 중요하겠지만, 그런 상황에서 직원들이 흔들리지 않고 충실하면서도 행복하게 일을 하도록 만드는 게 더 중요하겠죠. 그처럼 믿음직하면서도 자애로운 어머니의 역할을 남 이사가 하고 있는 겁니다.

식당과 카페도 남 이사가 없었으면 시작도 하기 힘들었을 겁니다. 남 이사는 결혼 초기부터 다른 건 다 해도 식당을 비롯한 요식업계 쪽 일은 하지 않겠다더군요. 음식 솜씨가 없다고요. 알고 봤더니, 장모님이 순천에서 손맛으로 알아주는 분이셨습니다.

식당이 농가 맛집으로 선정된 데는 남 이사의 공이 가장 큽니다. 레시피를 모두 직접 짰고, 정해진 시간 안에 맛난 요리를 만들어내기 위해 주방을 진두지휘했으니까요. 카페 역시 남 이사가 밑그림을 꼼꼼하게 그렸습니다. 대표 메뉴인 곡물라테를 비롯하여 유기농 우리밀로 그날그날 구워내는 치아바타 역시 남 이사의 노력이 담겼지요.

지역사회를 끌어안는 일들 역시 남 이사가 챙겼습니다. 앞에서 말씀드렸듯이, 교육희망연대 활동도 저보다 남 이사가 훨씬 더 열심히 중심에서 대표까지 맡아 했습니다.

김탁환: 미실란이 문화를 꽃피우는 기업이 된 것도 남 이사님의 공이 컸다고 봅니다만.

이동현: 당연하지요. 아내는 순천대 노래패 출신이라서, 농담처럼 자신은 베짱이과라고 하더군요. 작은들판음악회를 30회 넘게 해온 것도 아내의 열정과 또 네트워크가 있었기에 가능했고, 곡성성당 성가대 지휘자로 애쓰는 것도 같은 맥락입니다. 저를 만나지 않았다면, 어쩌면 가수로 활동하고 있지 않을까 하는 상상도 가끔 해봅니다.

2021년 가을부터 시작한 섬진강 마을영화제 초대 사무국장을 맡은 것도 미실란과 곡성을 문화예술로 덮고자 하는 바람이 컸기 때문이겠지요. 아, 또 하나 중요한 걸 빠뜨렸네요. 계약 농민들과의 소통 역시 남 이사가 맡아서 하고 있습니다.

김탁환: 벼 품종과 재배 방식은 대표님이 결정하시는 것 아닌가요?

이동현: 맞습니다. 그건 제가 하지요. 하지만 농사를 짓다 보면 별의별 일이 다 생기거든요. 그때 농부들이 전화를 걸어오거나 찾아오면, 남 이사가 우선 만나서 고충을 듣고 어려움에 동감합니다. 대학원에서 상담심리를 전공했기에, 농부들의 형편을 구석구석 살피고 상처를 어루만지는가 봅니다. 저 같으면 해결책을 제시해야겠단 생각부터 앞설 텐데, 남 이사는 우리와 함께하는 농부들 마음부터 천천히 들여다보는 겁니다.

이 대표의 설명처럼, 남근숙 이사는 미실란을 떠받치는 든든한 기둥이다. 이 대표가 놓치는 부분을 그때그때 챙겨서 해결하는 경우를 나 역시 여러 번 보았다. 이 대표가 더 나은 회사 대표, 더 나은 농부, 더 나온 마을활동가가 되기 위해 부지런히 꿈을 꾸며 큰 방향을 제시한다면, 그 꿈이 현실이 되도록 하루하루를 꾸려가는 이가 바로 남 이사인 것이다. 둘 다 꿈을 꾸는 몽상가적 기질이 강하다든가, 둘 다 눈앞의 일들을 해결하기 위해 애쓰는 성격이었다면, 미실란이 지금과 같은 모습을 갖진 못 했을 것이다.

남 이사가 충분히 역량을 발휘하고 있지만, 그렇기에 그 역할과 근무량을 미리 살펴 조정해야 하는 사람도 남 이사이다. 회사의 모든 일에 많든 적든 개입하고 있기에, 이십 년 내내 남 이사에게 과부하가 걸릴 수밖에 없었다. 미실란이 하는 일이 늘어나고 규모가 커질수록 남 이사는 더욱 바쁘고 힘겨울 것이다. 식당이 잘 되면 경영 관리에 허점이 생기고 경영 관리에 힘쓰면 문화와 교육 부분에 실적이 저조해질 수 있다. 남 이사 개인의 삶의 균형뿐만 아니라 회사 차원에서의 업무의 균형도 적정하게 잡아야 한다. 남 이사가 맡아왔던 일들을 어떻게 회사의 대표부터 각 부서 직원들이 나눠질 것인가를 논의할 시점이다.

김탁환: 정식으로 미실란에 입사하여 근무 중인 장남 재혁이에 관해 이야기해 볼까요. 대학을 다니면서 미실란 일을 적극적으로 돕는 모습은 줄곧 봤지만, 입사까지 한 것은 또다른 차원이겠지요. 이렇게 마음을 굳힌 이유가 따로 있는가요?

이동현: 『아름다움은 지키는 것이다』가 큰 영향을 끼친 것 같습니다. 그 책을 읽으며 미실란이 걸어온 길을 더 잘 이해하게 되었고, 곡성에 살면서 미실란에 속하여 농사도 짓고 쌀 가공업도 배우고 카페를 비롯한 다른 활동도 하기로 마음을 굳힌 듯합니다. 벌써 입사한 지 이 년째네요.

김탁환: 대외 활동도 적극적으로 한다고 들었습니다만?

이동현: 대산농촌재단의 장학생으로 선발된 후론 그곳 장학생들과 모임도 갖고 함께 정기적으로 책도 읽고 그러더군요. 또 마르쉐 농부시장에도 참여하고 있습니다. 주로 서울에서 일요일에 장이 열리는데, 전날인 토요일부터 준비하여 일요일 새벽에 상경해서 장사를 하고 밤늦게 내려오더군요. 일주일에 하루 쉬는데 그날을 온전히 마르쉐를 위해 쓰는 셈입니다.

피곤하기도 하겠지만, 그곳에 모이는 전국의 농부들을 만나서 좋고, 또 대도시의 소비자들과 직접 대면해서 좋다고 합니다.

그 외에 미실란 업무에 필요한 교육이나 행사는 찾아서 다니기도 합니다. 최근에는 AI가 세상을 어떻게 바꿀 것인지 설명하는 강의에 다녀왔더군요.

김탁환: 점심 때 미실란 직원들이 모두 모여 식사를 하는 것이 전통이지요. 근데 그 밥과 반찬을 재혁이가 거의 책임지고 요리해서 내더군요. 미실란 구성원들을 아끼는 마음이 깊이 느껴져 점심을 먹을 때마다 감동하곤 합니다. 엄마를 닮아서인지, 밥도 반찬도 매우 맛있습니다. 차남 재욱이는 어떻게 지내고 있나요?

이동현: 재욱이는 그 사이 군대에 다녀와 생명과학기술학부를 졸업했습니다. 현재 대학에서 연구원으로 참여하며 면역과 관련된 연구를 수행하고 있습니다. 두 편의 포스터 논문을 발표했답니다. 연구자로 살아가겠다는 이야길 종종 하지요.

김탁환: 미생물학자이기도 한 이 대표님의 젊은 시절을 보는 듯하네요. 연구실에 들어갔다면 공부하랴 연구실 생활하랴 바쁠 텐데, 그래도 주말마다 미실란으로 와선 일을 돕더군요. 이 대표님의 두 측면이 두 아들에게 각각 옮겨간 듯합니다. 장남은 농업회사법인을 다니면서 농촌후계자로 살아가려 하고, 차남은 연구자의 길을 가고자 하니까요.

이동현: 지금까지 저와 남 이사는 두 아들에게 두 가지를 하지 않았
습니다. 하나는 공부하란 소릴 안 했습니다. 그러니 학원을
가라거나 참고서나 문제지를 풀라는 소리도 안 했겠죠. 다
른 하나는 우리 뒤를 이으란 소리를 안 했습니다. 재혁이도
재욱이도 놀 땐 놀고 공부할 땐 공부해서 여기까지 온 겁니
다. 전공이나 장래 계획도 스스로 정한 것이고요.

자연스럽게 그렇게 되었다는 표현이 정확할 것이다. 재혁과 재
욱에게 공부하라 권하지도 않았고 전공이나 진로를 강권한 적은
없지만, 두 아들이 어려서부터 이동현 대표와 남근숙 이사 그리고
미실란의 날들을 직접 보고 듣고 또한 참여도 했기에, 그 안에서 생
각하고 느끼고 말하고 꿈꾸었으리라.

곡성에서 재혁과 재욱은 미실란네 아들로 통한다. 인구 2만 7천
여 명이 사는 군에서 이십 년 동안 명맥을 유지하는 농업회사법인
이 흔치는 않다. 게다가 이 대표와 남 이사는 회사에서 일만 한 것
이 아니라 마을활동가로서 다양한 활동을 해왔지 않은가. 이 대표
와 남 이사가 부담을 주지 않더라도, 재혁과 재욱은 미실란의 아들
답게 자라기 위해 노력했을 것이다. 언젠가 장남 재혁은 내게 자신
은 곡성 사람이며 더 좁혀보자면 미실란 사람이라고 했다. 미실란
이 없는 자신의 삶을 상상할 수 없다는 것이다.

김탁환: 장기근속하고 있는 직원들 이야기로 넘어가볼까요. 백인남

부장님이 제일 오래 미실란을 다니고 계시죠?

이동현: 올해로 십일 년째입니다. 백 부장님은 곡성교육희망연대도 같이 했고, 책 모임도 같이 하고 있습니다. 곡성교육희망연대를 함께 만들고 꾸려왔기에, 속내를 모두 털어놓을 수 있는 친구이자 동지입니다. 남 이사가 과중한 업무를 하면서도 버티는 건 백 부장님이 곁에서 안살림을 함께 해준 덕분이기도 합니다.

김탁환: 미실란에서 맡은 역할은 무엇입니까?

이동현: 재무 관리 능력이 탁월합니다. 미실란이 이십 년 동안 재정적으로 큰 문제 없이 온 것도 백 부장님이 재무 관리를 철저하게 해왔기 때문입니다. 게다가 컴퓨터를 비롯하여 관련 생산 설비에 대한 지식도 풍부하여, 시설 관리도 맡아서 하고 있습니다. 몇몇 생산팀원들이 퇴직한 후로는 생산팀장 역할까지 하는 중입니다. 남 이사의 업무를 나눠야 하듯이, 백 부장님의 업무도 조정할 필요가 있습니다.

김탁환: 이 대표님을 포함하여 50대 중반에 이른 맴버들과 비교적 최근에 입사한 30대 전후 맴버들의 협력과 분업에 대하여 꾸준하게 논의 중인 것으로 알고 있습니다. 기미경 팀장님에 대하여 이야기를 해볼까 합니다.

이동현: 기 팀장님은 저나 남 이사나 백 부장이 갖지 못한 능력을 지녔습니다. NGO 활동가로 일한 경험이 바탕이 되어서인지, 적극적이고 일의 가닥을 아주 잘 파악하며 추친력도 대단합

니다. 또한 방금 김 작가님이 언급하셨듯이, 50대를 넘긴 멤버들과 소위 MZ 세대인 멤버들을 모두 아우를 만큼 마음의 폭도 넓습니다.

김탁환: 비영리단체에서 영리 회사로, 서울특별시에서 전남 곡성으로, 도시에서 농촌으로 옮겨왔으니, 기 팀장님 개인에겐 엄청난 변화가 아닐 수 없습니다. 저도 함께 일을 하면서 도움도 많이 받고 배운 점도 많습니다. 이 대표님은 '천년 숲'을 꿈꾸셨다면, 기 팀장님이 미실란에 재직하면서 꾸는 꿈은 무엇일까요?

이동현: 기 팀장님이 따로 책 한 권은 써야 그 꿈을 상세히 알 듯합니다. 다만 파타고니아의 책임 경영 방식을 공부하는 파타고니아 비즈니스 스쿨에 합격하여, 정기적으로 모여서 공부도 하고 파타고니아 본사까지 방문하여 경영진을 만나고 왔습니다. 미실란 창립 이십 주년 기념 강연에 파타고니아 코리아의 김광현 팀장님이 오셔서 강연도 하셨고요. 파타고니아는 영리 회사인 것은 맞지만, 지구 생태계를 위하여 일하는 것을 기업 정신으로 삼은 곳이지 않습니까.

가끔 미실란이 NGO 단체도 아닌데 왜 이런 일까지 하느냐고 묻는 사람들이 있습니다. 이런 질문을 파타고니아도 많이 받았겠죠. 기 팀장님과 함께 파타고니아의 사례를 참고하면서, 미실란의 길을 만들어가고 싶습니다. 여러모로 아직은 부족하지만 미실란도 생명을 소중히 여기면서 벼농사와 쌀 가공업을 아우르는 여러 활동을 하면서 여기까지 왔습니다. 기 팀장님이 미실란을 꾸준히 다니는 것도 『아름다움은 지키는 것이다』 덕분입니다.

이 대표가 미실란 식구라고 언급하는 사람 중엔 나도 포함된다. 가족이라고 했다면 잠깐 머뭇거렸을 수도 있지만, 식구라고 하니 받아들일 수밖에 없었다.

미실란이 자리 잡은 곡성동초등학교라는 폐교는 교실 하나만 2층이고 나머지는 단층 건물이다. 학교의 도서실로 쓰였다는 2층에 올라가면, 운동장은 물론이고 플라타너스 너머로 섬진강 들녘이 한눈에 들어왔다.

이곳을 집필실로 정한 후 내게 찾아온 행운이 하나 더 있었다. 그것은 미실란이 점심마다 직원들이 모두 모여 식사를 한다는 사실이다. 채식을 이어온 나로선 어디서 무엇을 먹느냐가 무척 중요한 문제였다. 서울에선 집필실 근처 식당을 뒤졌으나 채식에 합당한 곳을 찾는 것이 쉽지 않았다. 그런데 미실란 직원 식당에선 몇 가지 반찬을 제외하곤 대부분이 채식주의자를 만족시킬 만했다. 남근숙 이사의 손맛 덕분에 나물만으로도 배를 채울 정도였다.

식구란 무엇인가. 함께 밥 먹는 사이를 가리키지 않는가. 점심에 미실란 직원이 모두 둘러앉아 밥을 먹으니, 서로의 근황도 편히 알 수 있고 회사의 당면 문제들에 대해서도 논의가 가능했다.

본격적으로 준비하여 회의를 하지 않더라도, 식사와 가벼운 산

책을 함께하면서 미실란이란 공동체를 체감하는 것이다. 일 년에 최소한 이백 번은 함께 점심을 먹었을 테니, 이 대표와 나는 오 년 동안 천 번 함께 밥을 먹은 식구인 것이다. 그 식구엔 남근숙 이사도 백인남 부장도 기미경 팀장도 포함된다.

버텨야 살린다

소서小暑는 '작은 더위'라는 뜻이지만, 이 무렵부터 들녘의 공기는 눈에 띄게 달라집니다. 장마전선과 태풍이 번갈아 지나가고, 습도는 높아지며 여름은 본격적으로 얼굴을 드러냅니다. 논에는 벼가 빠르게 자라고, 그만큼 풀도 함께 잘 자라납니다. 농부는 이때부터 본격적인 김매기를 시작합니다. 논둑과 밭두렁에 훌쩍 자란 풀을 베어내고, 다시 흙으로 돌려보내 퇴비로 이용합니다. 소서는 땀으로 들녘의 질서를 다시 세우는 시간입니다.

더위는 대서大暑에 이르러 절정에 이릅니다. '더위에 염소 뿔이 녹는다'는 말이 전해질 만큼 볕은 거침이 없습니다. 숨이 턱 막히는 날이 이어지지만, 농사는 이 더위 덕분에 또 한 걸음 나아갑니다. 예부터 대서에 농가에서는 이 시기에 눅눅해진 옷과 농기구를 햇볕에 말리고, 사찰에서는 경서를 꺼내 습기를 없앴다고 합니다. 자연이 주는 열을 피하지 않고 잘 다루는 지혜였습니다. 대서는 견뎌내는 절기이자, 햇볕의 힘을 농사로 바꾸는 시간입니다. 농부는 더위를 이기려 하지 않고, 그 속도를 받아들이며 하루하루를 버텨냅니다.

잡초와의 사투, 김매기

7월이 되니 초록의 벼들이 바람을 따라 춤추고 있습니다. 밭에서는 하지감자를 캐고, 고구마 순을 마디마디 잘라 흙에 묻는 작업을 합니다. 남은 밭에는 이랑과 고랑을 타서 콩도 심고, 비 오기 전날에는 깨 모종도 옮겨 심습니다. 밭 가장자리에는 옥수수 씨앗도 심어 늦가을 풍성한 수확의 기쁨을 상상해 보는 요즘입니다.

뜨거운 햇살과 비가 교차하는 이 시기, 섬진강 들녘에서는 벼와 함께 잡초도 무럭무럭 자라고 있습니다. 농부에게 잡초는 반갑지 않은 손님이지요. 부지런한 농부들은 하루 두 번, 동이 트기 전과 오후 다섯 시 이후 뙤약볕이 숨을 죽일 때 논과 밭으로 김매기를 하러 갑니다. 꽃과 잔디를 심은 정원에서도 잡초가 자유분방하게 자라기 시작했기에 부지런히 예초기를 들고 정원 이발도 진행합니다. 무더위와 잡초를 두고 힘겨루기를 하는 시간이지요.

푹푹 찌는 더위에 흠뻑 땀 흘리며 노동을 하다 보면 피로가 쌓이다가도, 재잘거리며 논으로 체험학습을 하러 온 아이들을 보니 흐뭇한 마음이 가시질 않습니다. 손 모내기 체험을 했던 지역의 유치원 아이들이 이번에는 논 생태 관찰 체험을 하러 왔거든요. 친환경 논이기에 만날 수 있는 긴꼬리투구새우, 풍년새우, 드렁허리, 우렁이, 물장군 등을 채집하고 관찰하면서 생태계의 다양성을 몸소 느끼고 배우는 시간입니다. 네 살 때부터 매년 오는 여섯 살 어린이가 선생님께 자신이 알고 있는 논 생물들을 직접 설명하는 걸 보니 얼마나 대견한지요.

시원한 수박과 복숭아를 나눠 먹으며 고단한 하루를 마무리하면 뜨거운 여름의 나날도 견딜 만합니다. 이제는 밀키트나 배달 주문으로 손쉽게 먹는 음식이지만, 옛날에는 맷돌에 갈아 만든 콩물국수도 일품이었습니다. 외갓집의 추억과 그리움이 더욱 짙어지는 여름밤, 그 시절의 따뜻한 기억들이 우리를 지켜주는 듯합니다.

2022

오리 가족이 찾아왔습니다

어린모들이 논 흙에 깊게 뿌리를 내리기 시작하고, 한 포기를 심었던 모들은 어느덧 품종에 따라 열다섯, 스물, 서른 개까지 분얼을 형성하기 시작했습니다. 자연이 주는 건강한 태양빛과 맑은 섬진강물, 그리고 논 속에서 함께 살아가는 다양한 생물들의 보살핌을 받으며 무럭무럭 크고 있지요.

모 옆에서는 잡초도 함께 잘 자라는데, 잡초와의 사투를 도와주는 첫 번째 주자는 우렁이들입니다. 논바닥을 기어다니며 땅속에서 조금씩 올라오는 잡초들을 먹지요. 우렁이가 먹기에 너무 빨리 커버린 잡초는 농부들이 두 번째 주자가 되어 직접 뽑습니다. 몇 주 전 미실란 직원들이 다 같이 들어가 직접 피사리(논의 잡초 제거)를 하며 구슬땀을 흘렸답니다.

마지막 세 번째 주자는 오리입니다. 무럭무럭 자라는 모들 사이로 오리들이 유유히 수영하면서 잡초와 벌레를 먹으며 논 생활을 즐깁니다. 논 속에 오리들이 있는 것을 보면 아이 어른 할 것 없이 모든 방문객들이 참 좋아합니다.

그런데 사실 이 오리들은 사연 있는 친구들입니다. 원래 미실란 운동장 한편의 동물농장에서 닭과 함께 생활하던 친구들인데, 어느 날부터 수컷 오리들이 짝짓기 기간에 닭을 공격하는 모습을 자주 보였습니다. 서로가 스트레스 받지 않는 방법이 무엇이 있을까 고민하다가, 물을 좋아하는 오리를 논으로 보내는 것이 최선이라는 생각이 들었지요. 그래서 재혁이와 함께 오리들을 논으로 방사했습니다.

처음에는 지내던 공간에 미련이 남는지 오리들이 닭장 밖을 자주 맴돌았고, 오리들에게 핍박을 받았던 닭들은 여전히 긴장하며 횃대에서 내려오지 못했습니다. 삼 일간은 양치기 소년처럼 매일 아침 오리들을 직접 논으로 안내하는 오리치기 농부 생활을 했는데, 삼 일이 지나고 나서는 기특하게도 오리들이 스스로 논으로 출퇴근했습니다. 처음에는 논을 낯설어 하던 오리들이 논에서 직접 먹이를 잡고, 수영도 즐기면서 토실토실 살이 찌고 행복해하는 모습에 덩달아 기쁜 마음이었죠.

올해도 찾아온 유치원 꼬마 손님들 곁에서 오리 가족이 헤엄을 치며 물속에 머리를 박고 부지런히 사냥을 합니다. 세상에서 가장 아름다운 생태 공간을 만난 것 같았습니다. 닭을 너무 괴롭혀 잠시 미워할 뻔한 오리들이 새로운 농부가 되어 미실란 들녘을 지켜주니 그저 고마울 따름이고요.

계속되는 비 소식에 다들 지쳐 계실 듯합니다. 이럴 때일수록 좋아하는 책, 건강한 음식, 평화로운 자연과 함께하는 시간을 더 많이 가져보시길 바랍니다. 모두 행복한 여름 보내십시오.

2023

늦게 핀 배롱나무를 보며

본격적인 더위의 시작과 함께 장마 전선의 영향으로 많은 비가 내리면서 고온 다습한 날씨가 이어지는 달이지요. 들녘의 벼와 밭의 콩을 비롯한 작물들은 하루가 다르게 쑥쑥 크고 있답니다. 그런데 며칠 사이에 논둑과 밭둑의 잡초들이 사람 키 절반까지 쑤욱 자랐습니다. 장마가 잠시 소강상태인 날엔 농부들이 새벽부터 부지런히 예초기로 논둑과 밭둑, 이곳저곳을 깎는 소리가 온 들판에서 들려옵니다.

저는 6월 중순부터 아침, 저녁으로 논에 들어가 피사리를 하고 있습니다. 그런데 올해는 유난히 전에는 흔히 보지 못했던, 잎이 둥글고 키가 낮은 경엽 잡초가 논바닥을 장악하는 광경을 마주하고 있습니다. 보름 이상 잡초를 뽑고 있지만, 뽑아도 뽑아도 샘물 솟아

나듯 계속 생겨나네요. 고단함도 크지만 그보다는 벼의 생육환경이 달라지고 있다는 사실에 걱정이 앞섭니다.

달라진 풍경은 이뿐만이 아닙니다. 곡성에는 가로수로 배롱나무(목백일홍)를 심어둔 곳이 있습니다. 이곳에선 모내기 이후인 6월 중순부터 100일간 피고 지는 꽃인 목백일홍이 마지막으로 질 때 들녘 벼의 탈곡을 마치는 것으로 그동안 자연과 호흡을 맞춰왔습니다. 그런데 올해 목백일홍은 보름가량 늦게 펴서 7월 초에나 만날 수 있었습니다.

텃밭 가에 심어놓은 먹자두 나무 두 그루도 작년과 또다른 모습입니다. 매년 아름다운 꽃이 피어나고 그 주변을 많은 벌들이 윙윙거리며 수정을 잘해준 덕에 주렁주렁 먹자두가 열렸는데, 올해는 어린 열매가 일찌감치 떨어져, 한 나무에 제대로 성장한 열매가 열 개도 채 되지 않았습니다. 벌들이 줄어 수정이 이뤄지지 못한 탓입니다.

미실란 들녘과 텃밭 사이에 생태 다양성을 지킬 수 있도록 만들어둔 둠벙도 예년과 다릅니다. 본격적인 여름이 시작되는 6월 마지막 주부터 아름다운 연꽃을 만날 수 있었는데, 올해는 7월 중순이 다 되도록 아직 봉오리 하나 올라오지 않네요.

이상 기후가 지속된다면 단순히 꽃이 덜 피고, 열매가 덜 맺히고, 잡초가 달라지는 것에서 그치지 않습니다. 농작물 생산에 영향을 미치면서 곡물 자급률이 떨어지고 식량 부족으로 경제가 위협받으면서 전 세계가 위기에 직면할 것이 불 보듯 뻔합니다.

식량안보 위기가 불러일으킬 파장을 생각하면, 달라지고 있는 지금의 풍경이 안타깝다고 한숨만 쉬고 있어서는 안 된다는 성찰이 더욱 깊어집니다. 기후변화가 우리의 일상을 침범하지 못하게 하려면 정부, 기업, 가정, 시민 모두 각자의 자리에서 어떤 역할을 할 것인지 논의하고 실천해야겠지요.

저와 미실란은 건강한 들녘과 밥상을 지키는 파수꾼이 되겠습니다. 달라지는 기후 환경에서도 친환경에 적합한 품종을 연구하는 탐구도 멈추지 않겠습니다. 여러분은 어떤 역할을 해주시겠습니까?

2024

우렁이가 일하지 않는 이유

　연일 뉴스를 통해 유럽 일부 국가들이 40도를 넘는 무더위로 큰 혼란을 겪고 있다는 소식을 접하고 있습니다. 스페인은 폭염으로 두 달간 천 명이 넘는 사망자가 발생했다고 하네요. 특정 국가만의 이야기가 아닐 겁니다. 며칠 전에는 경기도 광명시가 40도를 기록하였고, 국내 여러 지역에서 38~39도 사이의 높은 기온이 이어지고 있습니다. 과거에는 대한민국 최고 기온 하면 늘 대구를 떠올렸지만, 이제는 전국 곳곳이 최고 기온을 갱신하고 있는 상황이네요. 무섭게 오르는 수은주를 보며 기후위기의 현실을 일상 속에서 더욱 체감하는 요즘입니다.

　곡성도 예외는 아닙니다. 숲과 계곡, 강 면적이 넓어 다른 지역보다 조금 낫다고 생각했는데 얼마 전에는 전남권에서 곡성이 가장 높은 온도를 기록했다는 뉴스가 나오더군요. 게다가 최근에는 비가 드물게 내려서 밭농사를 짓는 지역 농부님들의 마음이 더욱 타들어가고 있습니다. 콩, 들깨, 고구마 순을 심었던 밭에 비가 내리지 않아 아침저녁으로 물을 실어 나르며 애썼지만 노력이 무색하게 밭작물이 타들어가 싹이 올라오지 않는다는 속상한 소식도 자주 들립니다.

밭농사뿐일까요. 논농사도 걱정입니다. 지난해에 이어 올해도 잎이 넓고 줄기가 발달된 경엽 잡초가 논바닥을 뒤덮고 있습니다. 논바닥을 기어다니며 어린 잡초를 먹으면서 농부의 고단함을 덜어주는 우렁이는 뜨거운 햇살을 피해 땅속으로 숨어버렸습니다. 본능적으로 위기의식을 느낀 탓인지 다음 세대를 만들겠다고 짝짓기만 하고 있네요.

배를 뒤집고 죽어 있는 미꾸라지도 종종 보입니다. 미꾸라지의 생존에 적정한 수온 20~28도보다 논물 온도가 높아지면서 산소량(용존 산소)이 낮아진 탓이겠지요. 오후 다섯 시경에 신고 있던 고무신을 벗고 맨발로 논에 들어갔는데 목욕탕의 온탕과 비슷하게 느껴질 정도라 깜짝 놀랐습니다. 온도계를 가져와 직접 확인해 보니 논길 시멘트 바닥 온도는 45도, 논물 수온은 37도였습니다. 태양이 가장 뜨거운 시간에 측정했다면 이보다 훨씬 높았겠지요. 논 생명들도 이런 더위가 점점 더 힘들어질 텐데 걱정입니다.

제가 직접 농사짓는 논 중에 더 혹독한 여름을 보내고 있는 논이 있습니다. 한때 미실란과 협력하여 어렵게 유기농으로 전환한 논이 있었는데, 그 논의 주인 어르신이 돌아가신 뒤, 아드님이 농사를 짓겠다고 논을 가져갔습니다. 하지만 유기농의 맥을 이어가지 못하고 제초제를 가득 뿌리며 농사를 지었고, 경험이 부족했던 탓인지 잡초 관리도 제대로 되지 않아 결국 몇 년 만에 농사를 포기하고 다시 미실란에 농사를 맡겼습니다.

올해부터 그 논을 유기농으로 되돌리기 위해 제초제 없이 관리하고 있지만, 여간 어려운 일이 아닙니다. 물 관리에도 더욱 신경 쓰고, 우렁이도 예년보다 두 배로 방사했는데, 논 한편은 마치 잔디밭처럼 잡초들이 빽빽하게 자리를 잡아버렸습니다. 우렁이도 일을 하지 않으니 앞으로 한 달 동안은 필사적으로 제초 작업에 힘써야 할 것 같습니다.

결코 쉽지 않은 이 길을 함께 걸어주는 든든한 동지가 있어 감사합니다. 큰아들이 농업을 이어가보겠다며 곁을 지켜주고 있고 주말마다 집에 오는 작은아들도 아침이면 기꺼이 들녘으로 함께 나서주니 몸은 고되지만 마음은 참 든든하고 고맙기만 합니다.

변화무쌍한 날씨 앞에 쉽게 단념하고 무너지지 않는 우리가 되길, 이럴 때일수록 더욱 지구 생태계에 이로운 길을 지켜나가는 이 땅의 모든 친환경 농부들이 잘 버텨주길 바랍니다.

2025

벼를 키우는 건 농부만이 아닙니다.
논의 무수한 생명들이 더불어 살피지요.

소멸하지 않는 회사를 다니고 싶습니다

미실란은 주식회사이고 농업회사법인이다. 쌀 가공업체이며, 현미를 안정적으로 발아시키는 기술은 국내 최정상급이다. '발아현미 제조 장치, 발아현미 제조 방법 및 식품'이라는 특허까지 출원했다. 아무리 기술이 뛰어나도 품종에 대한 분석과 연구가 뒷받침되지 않으면, 건강하고 맛있는 제품들을 생산하기 어렵다.

미실란에서 농약을 전혀 쓰지 않고 친환경으로 해마다 백여 개가 넘는 품종을 골라 손 모내기를 하며 벼농사를 직접 짓는 이유이기도 하다. 농촌진흥청 국립식량과학원과도 꾸준히 공동 연구를 이어오고 있다. 유기농 쌀은 물론이고 미숫가루와 통차와 누룽지와 시리얼까지 그 영역이 확대되었다.

이십 년이 넘는 기간 동안, 미실란에 근무한 직원들은 백여 명을 헤아린다. 그중에서 지금도 미실란에 근무하며 하루하루 성실하게 근무 중인 직원 두 명과 짧은 대화를 나눴다.

백인남 부장은 2015년에 입사하여 십일 년째를 맞는 최장기 근속자이다. 곡성에서 태어났으며, 인천 등지에서 살다가 마흔두 살에 고향으로 돌아왔다. 경영지원팀을 총괄하면서 제조 관리도 책임지고 있다.

김탁환: 미실란에 근무하게 된 계기는 무엇인가요?

백인남: 곡성으로 내려와 처음엔 전기회사를 다녔습니다. 그런데 그 업무가 너무 단순해서 지루하기까지 했어요. 남근숙 이사님과 학부모 모임에서 만났는데, 금방 의기투합하여 미실란에 입사하게 되었습니다. 생명을 소중히 여기고, 지방 농촌을 사람답게 사는 곳으로 만들어가려는 생각이 똑같았으니까요. 이곳에서라면 더불어 올바르게 나이 들어갈 수 있겠더라고요. 지금도 미실란을 생각하면 애틋합니다.

김탁환: 미실란이 어느 정도까지 성장하면 좋겠는지요? 규모에 대한 고민도 하신 적 있으신가요?

백인남: 매출이야 더 나아지면 당연히 좋겠죠. 하지만 무조건 규모를 키워야 한다고 생각하진 않습니다. 미실란의 경영철학을 이뤄가는 데 알맞아야 합니다. 규모만 키우다가 초심을 잃는 기업도 여럿 있으니까요.

김탁환: 쌀 제조업체로 출발한 미실란이 최근엔 여러 문화와 생태교

육 관련된 일들까지 병행하고 있습니다. 어떠신가요?

백인남: 너무 좋지요. 회사 밖, 그러니까 곡성군이나 전라남도 나아
가 전국에 미실란의 이미지를 새롭게 알려 좋고, 무엇보다
도 회사에 근무하는 직원들이 자부심을 갖는 게 좋습니다.
솔직히 제조업과 문화교육업은 전혀 다른 분야라서 함께 해
나가는 게 쉽지 않습니다. 버거울 때도 종종 있지요.
하지만 생태책방이든 작은들판음악회든 마을영화제든, 유
치원생부터 어른에 이르기까지 다양한 생태체험과 교육을
하다 보면, 이런 문화를 즐기고 체험과 교육에 참여하시는
분들이 우리 제품을 아끼고 사랑하는 고객이시기도 하다는
생각이 듭니다.

다음으로 마주 앉은 직원은 기미경 팀장이다. 국제개발협력에
몰두하여 오랫동안 현장 활동가로 일해 왔다. 미실란 혁신사업팀
장을 맡아, 생태적이면서도 참신한 사업들을 기획하고 실행하며
유지하는 업무를 총괄하고 있다.

김탁환: 미실란에 근무하는 동안, 기 팀장님께 달라진 점이 있다면
무엇인가요?

기미경: 몸과 마음이 무척 건강해졌습니다. 두 발로 땅을 굳게 딛고
나아가는 중이란 기분도 점점 더 강하게 들고요. 처음엔 미
실란 모델을 익힌 뒤에 빠르게 국제개발협력 현장에 이식할

마음이 컸습니다. 그런데 지금은 조금 더 곡성과 미실란에
머물면서 제 삶을 더 깊이 들여다보려 합니다.

김탁환: 미실란 모델이 뭔가요?

기미경: 그 지역에서 나는 농작물들을 기르고 이를 가공하고 제조해
서 경제적 자립을 이루는 것이 첫째이고, 그 과정에서 함께
누리는 문화를 만들고 이어가는 것이 둘째입니다. 미실란은
벼농사를 직접 지으면서 쌀 제조 회사를 경영하지요. 또한
회사를 통해 단순히 이윤만을 추구하는 것이 아니라, 책방
과 음악회와 영화제 등을 통해 건강한 문화를 창출합니다.
미실란 모델은 국내에서도 가능하고, 국외에서도 얼마든지
시도할 수 있다고 봅니다.

김탁환: 미실란이 어느덧 이십 년을 넘겼습니다. 기 팀장님이 미실
란에 근무한 이후 일어난 변화들을 어떻게 설명할 수 있겠
는지요?

기미경: 우선 무척 바빴습니다. 해마다 새로운 공간을 마련하고 새
로운 프로그램들을 진행했으니까요. '들녘의 마음'을 만들
고, 생산 공장을 현대화하면서 새로 짓거나 고치고, '발채의
마음'을 재건축하여 운영하고, '씨앗의 마음'을 신축하여 열
었습니다. 방향을 정하고 미친 듯이 달려온 것이 마치 십대
후반 사춘기 시절과도 같습니다. 앞으로 최소한 오 년 정도
는, 이렇게 달려오며 만든 공간과 프로그램들을 다듬어야
하리라 봅니다.

166

김탁환: 사춘기와 같다는 게 참으로 적절한 비유네요. 기 팀장님도 많은 일을 동시에 해내셔야 했지요. 힘드셨겠습니다.

기미경: 아산나눔재단에서 운영하는 교육과정을 수강했을 때 매우 중요한 문장을 접했습니다. '자신을 악기처럼 쓸 수 있어야 한다'. 국제개발협력을 현장에서 해나간다는 것은 하나의 커뮤니티를 온전하게 만들어가는 과정입니다. 보건이든 교육이든 경제든 모든 부분을 함께 해나가야 해요. 그래서 현장 활동가들은 대부분 멀티테이너들이에요.

저는 여기서 한 걸음 더 나아가, 미실란 모델에 매우 잘 어울리도록 몸과 마음을 키워가고 싶습니다. 그것이 제가 건강하게 살아가는 길이기도 합니다.

백인남 부장과 기미경 팀장을 만나 나눈 대화를 통해 두 가지를 확인했다. 첫째는 이 사회에서 자립하고 수익을 내는 회사가 될 수 있도록 경쟁력을 가져야 한다는 것이다. 둘째는 인구 소멸 고위험 지역인 곡성에서 지방 소멸 농촌 소멸 벼농사 소멸 마을공동체 소멸과 맞서며 더불어 함께 사는 길을 모색하는 회사를 다닌다는 자부심이다.

농부임을 새삼 생각하다

달력은 가을을 가리키지만, 들녘의 더위는 아직 한창입니다. 마지막 여름의 불볕더위가 기승을 부리는 입추立秋 무렵, 논의 벼들은 서서히 고개를 들고 이삭을 내밀며 낟알을 채우기 시작합니다. 볕은 여전히 강하지만, 벼는 이미 다음 계절을 향해 몸을 쓰고 있습니다. 입추는 더위가 끝났다는 알림이 아니라, 생명이 여무는 방향이 바뀌는 절기입니다. 농부의 눈길도 달라집니다. 농부는 이즈음 벼가 얼마나 자랐는지가 아니라, 알이 얼마나 단단하게 차고 있는지를 살핍니다.

처서處暑에 이르면 계절의 기운은 한층 분명해집니다. 한낮의 열기는 누그러지고, 아침저녁으로 선선한 바람이 들녘을 스칩니다. 뜨겁던 햇살이 한풀 꺾이자 풀의 기세도 눈에 띄게 잦아듭니다. 농부들은 논두렁과 밭두렁, 산소의 풀을 베며 한 해의 흐름을 다시 살피고 정돈합니다. 처서는 여름이 물러가고 가을이 제자리를 찾았음을 알리는 절기입니다. 이 시기를 놓치지 않고 농부는 미리 다가올 겨울을 준비합니다. 김장용 배추와 무를 심으며, 들녘은 또 한번 다음 계절을 향한 약속을 시작합니다.

벼꽃이 활짝 피었습니다

소나무 동산에 꽃범의꼬리와 상사화가 아름답게 피었습니다. 벼들은 이제 분얼을 끝내고 이삭을 세상 밖으로 선보이기 시작했네요. 한 포트에 한두 개의 볍씨를 파종해 심었던 어린모들이 튼튼하게 자라 어떤 품종은 서른여 개의 새끼를 쳤습니다. 인간의 욕심으로 빽빽하게 심지 않고 자연 속 여백의 품을 누릴 수 있도록 간격을 두고 모내기를 한 덕분입니다.

품종 연구를 하고 있는 논에서는 저마다 다른 속도로 벼가 자라고 있습니다. 빨리 추수를 하는 조생종은 7월 초부터 벼꽃이 피기 시작했고, 참새가 가장 좋아하는 적진주찰 품종은 7월 말부터 이삭이 맺히기 시작했습니다. 섬진강가에서 노니는 곡성 참새들은 다른 생명들과 함께 쌀 뷔페를 즐기는 복을 누리고 있답니다.

입추가 지난 음력 7월 15일 백중은 농부들에게 잠시 쉬어가는 시기입니다. 이쯤이면 세벌 김매기도 끝나서 농부들이 호미를 씻어 두는데 이를 '호미씻이'라고 합니다.

백중은 24절기는 아니고 세시풍속의 하나인데, 백중이라는 이름은 이 시기에 과일과 채소가 많이 나와 백 가지 곡식의 씨앗을 갖출 수 있다는 것에서 유래했다고 하네요. 지금이야 수출입이 자유롭고 저온저장고 냉장 시설이 잘 갖춰져 쉽게 대형마켓에서 다양한 과일을 맛볼 수 있지만 예전에는 제철 음식만 먹을 수 있었기에 백중날에 복숭아, 수박, 참외 등 여름 과일과 채소를 즐겼다고 합니다.

지쳐버리기 쉬운 여름 날씨 속에서도 참새가 좋아하는 적진주찰벼, 다이어트와 당뇨에 좋은 도담쌀, 곧게 뻗은 자태가 아름다운 큰미소미, 제일 먼저 익어가고 있는 함경북도 온성쌀 등 다양한 자태를 뽐내는 품종 연구용 벼들이 가득한 논을 바라보면 마음이 풍성해집니다.

8월부터 책방 옆 복도 갤러리에서는 나우린 작가의 '기적' 시리즈 전시가 시작되었습니다. 소중한 하루하루가 기적과도 같다는 작가님의 시선 속에 탄생한 블루로즈 그림들을 만나보세요.

2022

농촌의 미래를 그리는 사람들

볕이 아무리 뜨거워도 아침저녁으로는 절기가 알려주는 날씨의 변화를 고스란히 느낍니다. 들녘에서는 녹음이 더 짙어진 벼들이 하나둘 앞다퉈 낟알을 맺는 출수기를 맞이했답니다. 한 해의 결실인 낟알을 보며 반가운 마음과 동시에 감정선이 흔들리는 시간도 함께 찾아온답니다. 바로 참새 때문이죠.

갓 나온 어린 이삭들을 쏙쏙 골라 먹어 가을 날 쭉정이만 남겨 두다 보니 마음 착한 농부의 속이 시끄러워집니다. 참새와도 당연히 나눠먹긴 하겠지만, 올해는 그래도 낟알들을 좀 더 잘 지키고자 아들과 논에 들어가 독수리 허수아비를 일찌감치 설치했습니다. 똑똑한 참새들은 이 또한 위험하지 않다는 것을 금세 알아차리고 다른 참새들을 불러올 테지만 두 손 놓고 있을 수만은 없으니까요.

　지금은 참새가 가장 좋아하는 '적진주찰벼', 당뇨와 다이어트에 좋은 '도담쌀', 친환경과 발아현미에 적합한 '삼광벼', 그리고 임금님 소갈병(당뇨)을 치료했다고 하는 약쌀인 녹미(청량미)가 한창 출수 중입니다. 하얀 벼꽃이 피고 지면, 낟알이 점점 익어가며 고개를 조금씩 숙이기 시작할 겁니다. 매년 마주하는 장면이지만 늘 뭉클하고, 행복한 풍경이지요.

　며칠 전에는 군대에서 휴가 나온 아들과 가족이 다 함께 강원도로 여름휴가를 다녀왔습니다. 자연의 다양성과 토양의 힘을 소중히 여기며 20~30여 종의 토마토를 재배하고 소비자와 현장에서 만나고 있는 '그래도팜', 강원도 영월 깊은 산속에서 자연과 시골의 정서를 느끼며 조용히 머물 수 있는 농가민박형 힐링 공간 '내 마음의 외갓집', 그리고 메밀과 지역 농산물을 활용해 건강한 빵을 만드는 로컬 베이커리로 미실란 쌀을 활용한 쌀빵 개발에도 도움을 준 '브래드메밀'을 차례로 방문했습니다.

　지속가능한 농업과 미래가 있는 농촌 그리고 행복한 농부의 삶의 모델인 현장을 방문하고 이야기를 나누며 포근한 환대와 든든한 동지애를 느꼈습니다. 농촌의 아름다운 희망의 열매를 꽃피우는 공간으로 만들겠다며 달려온 미실란의 지난날들도 성찰해 보며, 농農의 가치를 알리고 지킬 수 있도록 또 한걸음 긍정의 힘으로 나아가보자고 다짐하고 왔습니다.

2023

나는 씨앗 뿌리는 농부입니다

아침 일찍 논 작업을 마치고 오는 길에 전화 한 통을 받았습니다. 일가재단의 연락이었습니다. 일가재단은 가나안농군학교의 창설자이자 농촌 발전과 국민정신 계몽에 평생을 바친 일가一家 김용기 선생의 가르침을 계승하는 곳인데, 제가 올해 농업부문 수상자로 선정되었다는 소식이었습니다. 유기농 친환경 농업으로 건강한 쌀을 국민들께 전하고 있는 이 땅의 수많은 농부님들과 함께 이 상을 받는 것이라 생각하며, 벅찬 마음으로 감사 인사를 드리고 제 곁에서 애써주고 있는 미실란 식구들과 함께 기쁜 소식을 나눴답니다.

수상 소감을 미리 준비해 달라고 하셔서 원고를 쓰려는데 그동안의 시간들이 주마등처럼 스치더군요. 화려한 말재주는 없는지라, 앞으로 만들어갈 건강한 농촌을 꿈꾸며 한 자 한 자 채워보았습니다.

농農은 제 인생의 가장 큰 단어입니다. 대학 시절엔 식물병원 미생물, 석사과정에서는 독소를 내는 곰팡이, 박사과정에서는 해충 방제에 주로 이용되는 미생물을 연구하며 20대를 학자의 삶으로 보냈습니다.

현장에서 실천하는 연구자가 되겠다고 결심한 후 농업회사법인 ㈜미실란 창업과 함께 인구 소멸 고위험 지역이라 말하는 섬진강가 곡성의 작은 폐교에서 초등학생과 유치원생인 두 아들 그리고 늘 존경하며 감사하는 짝꿍과 정착하여 본격적으로 농사를 시작했습니다. 쌀과 함께하는 평생의 여정이 시작된 것입니다.

유기농에 최적화된 품종을 현장에서 직접 찾고 확산시키는 것이 제게는 중요한 과제였습니다. 농민들과 함께 상생하는 동반자적 삶을 지향하며 지역 주민들을 설득해 유기농 친환경에 적합한 품종을 나눠주고 계약 재배를 진행했습니다. 농민들이 생산한 건강한 곡물을 좋은 가격에 매입해서 제품으로 가공해 판매하면서, 농업의 안정적인 사업 모델을 만들어 가고자 노력했습니다.

쌀의 영양이 가득 담긴 유기농 발아오색미, 속이 편안한 발아오색미숫가루, 곡성 토란이 들어간 타로미수, 토란흑미누룽지와 이유식용 쌀가루 등 여러 제품을 꾸준히 개발, 생산하며 우리 몸을 지키는 건강한 먹거리들로 소비자들을 만나고 있지요.

농사를 처음 시작하고 지금까지 고비도 많았습니다. 쌀의 가치를 알리고자 힘써 왔지만 쌀값은 도리어 하락했고 오랫동안 연구한 발아현미 제품을 찾는 소비자를 만나기가 점점 어려워지는 시기가 있었습니다.

그때 용기를 내어 식당을 열어서 소비자들과 적극적으로 발아오색미 건강 밥상으로 소통하고자 노력했고, 유치원생부터 성인까지 생태교육과 체험교육을 통해 건강한 밥상문화를 알리고 공유하고자 힘썼습니다. 농촌의 지속가능성을 고민하며 문화가 있는 농촌 기업 모델을 만들고 싶었지요. 작은들판음악회, 복도 갤러리, 생태책방 북토크, 지역 활동가들과 함께하는 '곡성교육희망연대' 활동과 섬진강마을영화제까지 다양한 형태로 판을 벌여왔습니다. 이 모든 것이 아름다운 농촌과 농업의 뿌리를 지키기 위함이었지요.

오스트리아에 농업 연수를 갔을 때, 산골 마을 앞 공동묘지 비문에 '나는 씨앗 뿌리는 농부입니다'라고 적힌 것을 본 적이 있습니다. 그 문구를 마주했을 때의 감동을 잊을 수가 없습니다. 농부라는 자부심과 긍지가 고스란히 느껴졌거든요. 우리나라도 수많은 농부들이 자연에서 씨앗 뿌리는 삶을 살다가 세상을 떠났지만, 자부심을 갖고 살기엔 녹록지 않은 세월이었습니다.

최근에는 대학에서도 '농農'을 지우고 바이오, 생명과학 등의 단어를 붙여 명칭을 변경하더군요. 참 속상했습니다. 그런데 뜻밖에도, 세계적 재앙이었던 코로나 팬데믹과 기후위기가 '농'에 대한 시선을 바꾸고 있습니다. 생태전환교육을 통해 지속가능성을 찾아야 한다는 방향 전환의 목소리가 높아지고 있지요. 도시와 자본에 휩쓸려가는 가속도를 제어하지 못하는 것처럼 보였던 격변의 시간 속에서도 건강한 세상을 지키기 위한 희망의 싹이 나기 시작한 것이 아닐까 싶습니다.

큰 바람에 흔들려도 다시 싹을 틔울 것을 굳건히 믿고 끈기와 인내로 우리 시대의 상록수를 꿈꿨던 제게 농업 분야 대한민국 최고의 일가상은 큰 격려입니다. 지금껏 항상 곁에서 함께해 준 가족과 지지해 주신 모든 분들께 진심으로 감사드립니다. 농업 현장을 지키는 일은 매년 새로운 싹을 틔우는 기쁨과 긍지가 있는 일입니다. 이 상을 통해 생태계의 근간을 살리는 '농'의 참된 의미와 사명을 더 많은 청년 상록수들과 공유할 수 있길 기대해 봅니다.

2024

해도 해도 어려운 농사

　기후변화를 넘어 기후위기의 시대입니다. 짧은 장마 후에 폭염이 지속되더니 경남 산청과 광주, 가평 등 여러 지역에 발생한 갑작스러운 집중호우로 인명 피해와 함께 수많은 농경지와 주택이 침수되었습니다. 일부 지역은 산사태로 마을 자체가 사라지기까지 했습니다. 특히 산청은 지난 3월 발생한 산불로 인해 많은 피해를 입었는데 설상가상으로 폭우와 산사태까지 겹쳐 터전을 잃거나 훼손당한 주민들이 많아 더 안타까웠습니다.

　조금이나마 힘을 보태고자 잠시 시간을 내어 산청에 수해 복구 봉사를 다녀왔습니다. 지리산 자락을 이웃하고 있는 한 시간 정도 거리의 그곳은 전혀 다른 세상이었습니다. 어딘가에서 떠내려와 비닐하우스 지붕 위에 걸려 있는 냉장고를 직접 보니 당시의 상황이 어땠는지 짐작이 가서 마음이 심란해졌습니다. 지역 주민의 증언에 의하면 여기는 비닐하우스 뼈대라도 남았으니 양반이라고, 강 건너편은 비닐하우스도 형체가 완전히 망가지고 논은 토사가 다 덮어버려 벼를 살리기는커녕 논 경계조차 확인할 수 없는 지경이라고 했습니다.

작물을 키우고 돌보는 농부님들의 마음을 누구보다 알기에 마음이 더 쓰렸습니다. 하지만 피해 속에서도 회복을 위해 자원봉사 연결 시스템을 만들고, 봉사자들에게 간식과 식사를 제공하는 산청의료복지사회적협동조합의 헌신적인 활동을 보며, 큰 위안과 희망을 느꼈습니다.

비가 오는 시기나 패턴이 예전과 달라지니 농사 일정도 점점 들쑥날쑥해지고 있습니다. 친환경 농업에서는 벼가 땅속 깊이 뿌리를 내릴 수 있도록 7월 중하순경에 물 떼기(논물을 빼주는 과정)를 합니다. 이 과정을 거쳐야 벼 이삭이 영글고 무거워지기 시작하는 늦여름과 초가을에 태풍이 오더라도 벼가 쓰러지지 않고 잘 버텨줄 수 있기 때문이지요.

논물을 빼준 상태로 닷새에서 열흘 정도 유지해야 그 효과가 있는데, 올해는 논바닥이 마르기도 전에 갑작스레 쏟아진 비로 논에 물이 다시 차오르길 반복하다 보니 물 떼기 작업이 너무도 어려웠습니다. 이웃 과수 농가와 밭농사를 짓는 분들도 모두 고민이 깊습니다. 이렇게 반복되는 위태로운 기후 속에 극심한 자연 재해로 농사를 포기하거나, 작물 재배의 적기를 놓치는 상황이 반복되면 작물 생산량을 예측하기 어렵게 됩니다. 이는 결국 국민의 식량안보에 큰 위협으로 다가올 것이라는 생각을 떨칠 수 없습니다.

그럼에도 미실란 정원 한편에 활짝 핀 상사화를 보며 다시 용기를 냅니다. 폭염과 폭우를 굳세게 견뎌낸 미실란 품종 연구 논에는 족제비찰, 오리도 품종의 벼 이삭이 올라와 출수를 시작했습니다. 들녘의 맛있는 곡물 냄새를 맡았는지 참새들이 모여들기 시작했지만, 연구와 관찰을 위해 부지런히 참새망을 씌웠답니다.

이렇게 매일 들녘에서 이어가는 하루하루의 노력과 연구가, 더 많은 밥상 위의 건강과 생명을 지켜주리라 믿습니다.

2025

인간만 잘 살 수 있는 지구는 없습니다.
자연과 공생하는 삶은 녹록지 않지만, 결코 포기해선 안 됩니다.

단체는 사라져도
활동가는 남으니까요

곡성의 매력을 묻는 이에게 나는 세 가지 정도를 꼽는다. 면적은 547.45제곱킬로미터로 서울 면적의 십 분의 구에 육박하지만 인구는 2만 7천 명 남짓으로 생물 종다양성이 매우 풍부한 곳이고, 섬진강과 지리산을 이웃하며 호남과 영남의 문화를 아우르기에 소설로 쓸 만한 이야기가 무척 많은 곳이고, 마을활동가들이 활발하게 일하는 곳이다.

2018년 곡성을 처음 방문했을 때, 마을활동가라고 스스로를 소개하는 이들을 많이 만났다. 각자의 직업은 교사, 농부, 상인, 회사 대표, 다큐멘터리 감독 등 다양했지만, 그들은 밥벌이 삼아 일하는 업보다 마을활동가로서 책임감과 긍지를 품고 살고 있었다.

마을활동가라고 하여 전통 마을에서 여러 가지 일을 하는 이로

국한할 필요는 없다. 물론 그렇게 한 마을에 단단히 뿌리를 내리고 활동하는 이도 소중하지만, 곡성군 전체를 하나의 마을로 바라볼 필요도 있는 것이다. 3만 명이 채 안 되는 인구는 대도시의 동 하나 정도이지 않는가. 섬진강을 이웃한 군인 순창이나 구례도 사정은 마찬가지다.

그러므로 곡성에서 마을활동가는 전통 마을에서 활동할 수도 있고, 읍이나 면 단위에서 활동할 수도 있고, 군 단위에서 활동할 수도 있다. 이 셋은 엄격히 나누어지진 않고, 자연스럽게 집중되거나 확장되며 변화한다. 도시에서는 시민활동가라는 단어가 친숙하겠지만, 시내버스가 아니라 군내버스가 다니는 곡성에선 시민활동가 대신 마을활동가가 훨씬 정겨운 단어이다.

이동현 대표와 남근숙 이사는 군 단위의 대표적인 마을활동가다. 농업회사법인 대표 중엔 마을 활동을 전혀 하지 않는 이가 대부분이다. 회사를 경영하는 데 집중하느라, 그 회사가 속한 마을을 돌아볼 겨를이 없다는 변명이 뒤따른다. 그러나 미실란은 이십 년 동안 꾸준히 후원이나 기부가 아니라 마을 활동의 주체로 참여해 왔다.

곡성교육희망연대는 그들이 벌인 마을 활동의 중심이 되는 단체다. 그런데 2011년에 결성되어 활발한 활동을 이어오던 이 단체는 2024년에 자진 해산되었다. 시작의 기쁨보단 끝의 아쉬움에서부터 대화를 시작했다.

김탁환: 미실란이 곡성의 마을 활동에 어떻게 참여해 왔는지 이야기

를 해보죠. 2019년 9월 제게 강연 의뢰를 한 단체가 바로 곡성교육희망연대입니다. 남근숙 이사님은 이 단체의 대표를 역임하셨고, 이 대표님도 사진 기록을 전담하는 회원으로 오랫동안 일하셨다고 들었습니다. 헌데 곡성교육희망연대가 해산을 했지요?

이동현: 맞습니다. 곡성에서 여러 모임을 꾸려보기도 하고 참석도 했지만, 곡성교육희망연대를 만들고 참여한 것이 가장 보람이 있습니다. 곡성과 같은 지방 농촌에선 의료와 교육과 문화가 심각한 문제입니다.

교육희망연대는 그중에서 교육에 집중한 단체입니다. 초등학교 때는 곡성에 다니다가도, 공부를 제대로 시키려면 도시로 나가야 한다고 광주나 순천으로 이사를 가는 이들이 적지 않았거든요. 곡성에선 교육이 안 된다는 패배감이 컸던 것이죠. 그래서 교육희망연대에서 우선 학교로 들어가기로 했습니다.

김탁환: 학교로 들어간다? 그 과정이 순조로웠나요?

이동현: 아닙니다. 처음엔 불신이 무척 심했죠. 교사와 학부모들과의 불신, 교장과 지역사회의 불신, 학생과 교사의 불신이 뒤엉켜 있었습니다. 학교는 교사와 학생들의 성역이므로 아예 교육희망연대 같은 단체는 출입해선 안 된다는 주장을 펴는 이들도 적지 않았죠.

이 불신을 깨기 위해 많은 노력을 했습니다. 남근숙 이사가 곡성중학교 학부모 회장이 되면서 더욱 활발하게 활동을 벌였지요. 공모제 교장 선생님을 모셔 오고, 휴먼 라이버러리 '사람 책'이란 아이디어를 발전시켜 학생들이 본받을 만한 사람들을 곡성군 안에서 찾아내어 만나는 행사를 했지요. '아~! 그랬구나' 캠프를 열어 서로가 받은 상처를 솔직하게 드러내고 이해하는 시간을 갖기도 했습니다. 곡성군수 후보자 초청 100인 토론회도 조직해서 교육과 관련된 여러 문제들을 논의하는 자리도 만들었습니다. 이렇게 다양한 활동을 학교 안팎에서 해나가는 동안, 교육희망연대는 곡성군에 꼭 필요한 단체로 자리매김을 했지요.

김탁환: 교육희망연대 회원들의 자녀들도 곡성에서 학업을 이어갔겠군요.

이동현: 초중고를 곡성에서 마치는 아이들이 확실히 늘었습니다. 제 두 아들 재혁이와 재욱이가 대표적인 경우겠죠. 이렇게 곡성에서 초중고를 나와도 원하는 대학에 진학하고 실력을 갖춘 성인으로 자라날 수 있다는 걸 증명한 셈입니다.

김탁환: 교육희망연대의 활동 중에서 기억에 남는 활동이 있다면 하나 더 소개해 주시죠.

이동현: 월례 강좌를 꾸준히 했습니다. 모여서 이런 일 저런 일 하다 보면, 지치기도 하고 외롭기도 한 것이 사람이잖습니까? 곡성이란 작은 동네에서 우리끼리 이런다고 세상이 달라질까? 누가 알아주기라도 할까? 쓸쓸함에 젖을 수도 있고요.

교육희망연대 회원들뿐만 아니라 군민들, 특히 학생들을 위하여, 우리와 뜻을 같이하는 강사들을 전국에서 모셨습니다. 오마이뉴스 오연호 대표님이나 돌아가신 박원순 서울시장님이나 평화운동을 하시는 가수 홍순관 선생님 등이 오셨지요.

김탁환: 덕분에 저도 와서 강연을 했었습니다. 이렇듯 교육희망연대가 성과를 내면서 곡성의 교육을 질적으로나 양적으로 성장하도록 이끌었는데, 왜 자진 해산의 수순을 밟은 건가요?

이동현: 두 가지 측면이 있는 듯합니다. 먼저 교육희망연대가 활동을 시작할 때는 곡성군에 교육을 핵심 화두로 삼은 시민 단체가 없었습니다. 그런데 교육희망연대의 활동이 활발해지면서, 군민들이나 공무원들이 교육에 관심을 많이 쏟게 되었죠. 그 결과 곡성 미래교육재단도 만들어지고, 작은 도서관들도 여럿 생겼습니다. 전라남도의 어느 군보다도 교육과 관련된 활동이 많이 이뤄진다고 자부합니다. 그래서 예전에는 교육희망연대 혼자 떠안았던 짐을 어느 정도는 나눠 지게 된 측면이 있습니다.

다음으론 세월의 흐름 속에서 회원들의 위치와 삶이 달라진 부분도 있습니다. 활동이 한창일 때는 30대 말이나 40대 초인 회원들이 주축이었습니다. 그러니까 회원들 자녀들이 이제 초등학교에 들어갔거나 재학 중인 경우가 대부분이었습니다.

그런데 세월이 지나면서 그 아이들이 초등학교 중학교 고등
학교를 마친 겁니다. 이름은 교육희망연대인데 회원의 자녀
중 곡성에서 학교를 다니는 학생이 거의 없어진 셈이죠. 또
한 각 회원들도 세월이 흘러가고 나이를 먹으면서 점점 할
일들이 많아졌습니다. 시작할 때는 교육희망연대가 활동의
1순위였는데, 점점 그 순위가 뒤로 밀리게 된 거죠. 곡성에
서 마을활동가로 자처하려면 적어도 예닐곱 이상의 일들을
해나가야 하거든요.

김탁환: 교육희망연대란 깃발 아래에서 활동하진 않지만, 앞으로도
곡성 교육에 관해 계속 관심을 쏟을 계획이시죠? 교육과 관
련된 시민 활동이 어떻게 이뤄져야 한다고 보십니까?

이동현: 중요한 건 아이들을 중심에 두고, 아이들을 보면서 모든 일
을 판단하고 해나가야 한다는 겁니다. 민이 중심에 서고 관
이 협력하는 방식이 되어야지, 그 반대로 가면 산적한 교육
문제들을 해결해 나갈 수 없습니다. 견제할 건 견제하고 비
판할 건 비판해야 합니다.

생로병사는 사람에게만 국한되는 여정이 아니다. 사람이 만든
모임이나 조직 역시 같은 순서를 밟는다. 시인 이형기는 「낙화」라
는 시에서 "가야 할 때가 언제인가를 / 분명히 알고 가는 이의 / 뒷
모습은 얼마나 아름다운가"라고 썼다. 이미 역할과 의미가 끝났음
에도 권력이나 명예를 탐하며 자리를 지키고 모임을 유지하는 경

우가 얼마나 많은가.

교육을 중심에 둔 시민 단체를 정리했다고 해서 이들의 활동이 사라진 것은 아니다. 뒤에 다시 거론하겠지만, 교육희망연대의 핵심이었던 회원들 대부분이 곡성의 문화를 발전시키는 방향으로 나아갔다. 그때는 마음을 함께 쏟을 분야가 교육이었다면 지금은 문화인 것이다. 일하고 배우고 가르치고 노래하고 춤추고 읽고 쓰는 것 모두 마을 활동에 속한다. 이동현 대표도 남근숙 이사도 여전히 그리고 평생 마을활동가이다.

영리와 비영리의 경계를 넘어,
이 둘을 넉넉하게 품는 둠벙의 길로

기대와 다를지라도 감사하기

아침 기운이 부쩍 선선해지며 농작물 잎마다 흰 이슬이 맺히기 시작하는 때가 백로白露입니다. 밤사이 내려앉은 이슬은 벼 이삭을 더 단단하게 여물게 하고, 들녘에는 어느새 황금빛이 번져갑니다. 섬진강을 따라 펼쳐진 논들은 여름 내내 품어온 시간을 고스란히 드러내듯 묵직한 빛을 띱니다. 백로는 농부에게 수확이 멀지 않았음을 알려주는 절기입니다.

백로를 지나 민족의 대명절 한가위를 보내고 나면, 낮과 밤의 길이가 같아지는 추분秋分이 찾아옵니다. 햇볕은 과하지도 부족하지도 않게 들녘을 비추고, 바람에는 수확의 냄새가 실립니다. 이 무렵부터 논과 밭은 본격적인 추수의 시간으로 들어섭니다. 추분은 농사가 끝나는 절기가 아니라, 한 해의 노고를 거두어들이는 시작점입니다. 농부는 고개 숙인 벼를 바라보며, 흘려보낸 계절과 다가올 겨울을 함께 떠올립니다.

사람도 모이고 새도 모이고

코로나 시대를 겪고, 예전과 다른 추석 풍경을 마주하는 요즘입니다. 더디게 세상이 변해가던 시절에는 아날로그적인 감성이 있었습니다. 농촌에 마을을 이뤄 농사짓고 사는 가족들이 많아서 추석 명절에는 일가친척이 모여 풍성하게 햇곡식을 나눠 먹었고, 타지로 떠났던 친구와 선후배 들도 오랜만에 함께 모여 온 동네가 들썩거렸습니다. 면 단위로 체육대회와 노래자랑도 열리며 지역 축제와 같은 분위기가 느껴졌지요. 지금 농촌은 그 시절에 비하면 적막감이 감도는 듯합니다.

전과 다르긴 하지만 그래도 가족들이 만나는 자리를 갖는다는 것은 참 기쁜 일입니다. 곡식과 과일이 무르익어가는 결실의 시간 속에서 가장 밝은 달이 세상을 비추는 날에 서로의 안녕을 마음으로 빌고 인사를 나누는 행복이 가득한 순간이니까요.

이제 24절기 중 16번째인 추분이 찾아오네요. 밤과 낮의 길이가 같은 이날이 지나면 밤의 길이가 더 늘어나고 가을이 깊어질 것입니다. 들녘도 점점 황금빛으로 물들어가겠지요. 추분 이후 보름 정도 지나면 농부들은 다시 분주한 수확의 시간을 맞이할 것입니다. 맛있고 건강한 햅쌀이 곧 우리 밥상을 가득 채워줄 테지요.

추석 연휴 기간 동안 미실란 들녘에는 참새 가족들의 모임이 성대하게 열렸습니다. 삼광, 도담, 적진주, 충품, 미시루……. 잘 차려진 쌀 뷔페를 마음껏 먹었는지 군데군데 낟알이 비어 있는 곳이 보이네요. 참새가 배불리 먹을 수 있게 양보도 했으니 이제 남은 들녘은 연구를 위해 잘 보존하고 가꿔갈 참입니다.

참새에게는 양보할 수 있지만 농부들이 가장 염려하는 것은 자연재해입니다. 부디 가을 태풍이 한반도로 오지 않길 바라며, 쌀을 비롯한 모든 들녘 곡식의 가치를 제대로 인정받길 바라는 마음으로 추수를 준비합니다.

23일부터 25일에는 제1회 섬진강마을영화제가 열립니다. 아름다운 섬진강 곁에서 살아가고 있는 곡성 주민들이 함께 준비한 이번 행사에서는 다양한 영화를 통해 환경, 여성, 농업, 청년의 이슈를 고민해 볼 수 있습니다. 기후 행동의 날을 맞이해 침실습지와 섬진강 들녘을 걷는 시간도 준비했으니 반갑게 인사 나눌 수 있기를 기대해 봅니다.

2022

가을 들녘에 스며든 농의 기운

백로가 지나고 나니 들녘 공기의 결이 달라졌습니다. 하늘도 더 높아진 것 같고, 한낮의 바람도 한결 선선해졌네요. 가을이 왔음을, 추수의 시간이 다가오고 있음을 느낍니다. 들녘이 익어가는 만큼 자연이 선물해 주는 풍요로움에 감사의 마음도 함께 차오르고 있습니다.

여러분께 알려드릴 반가운 소식이 있습니다. 최근 미실란이 천주교 광주대교구 산하에 있는 (재)생태환경농업연구소와 업무협약식을 진행한 일입니다. 더 적극적으로 기후와 생태환경 회복에 힘쓰고, 안전한 먹거리를 생산하기 위해서지요. 우리 밀을 가지고 '새싹밀셰이크'를 개발하기로 했습니다. 농업이 어렵다고, 농촌의 미래가 암담하다고 손 놓고 있기보다는 마음을 모을 수 있는 이들이 함께 연대하며, 작은 일부터 실천해 가기로 했습니다.

제2회 섬진강마을영화제도 성황리에 마무리했답니다. 예상보다 정말 많은 관객들이 참여해 주셨고, 무엇보다 선선해진 초가을 저녁 바람을 즐기며 책방 앞마당에서 진행한 야외 상영 프로그램을 좋아해 주셔서 뿌듯했습니다. 섬진강마을영화제를 품어준 들녘에게도, 영화제를 위해 애쓰고 고생한 분들께도 큰 응원이 된 시간이었습니다.

들녘 위 잠자리들의 날갯짓이 더 바빠진 것을 보니 이제 곧 추석입니다. 가난하고 어렵게 살아도 음식을 서로 나누어 먹으며 즐겁게 보냈던 어린 시절엔 '일 년 열두 달 365일 더도 말고 덜도 말고 한가위만 같아라'라는 말이 있을 만큼 한가위는 우리 민족의 큰 축제였습니다.

예전처럼 대가족이 모여 시끌벅적한 분위기를 즐기기는 어렵겠지만, 이번처럼 기나긴 추석 연휴에는 가을 들녘 곁으로 가서 마음의 풍요를 누리시는 기쁨을 즐겨보시길 추천합니다. '농'의 가치가 인정받는 사회가 되길 바라는 마음을 함께 보태주시면 더 좋겠네요.

2023

받았으니 더 나눠야지요

여름의 끝자락 즈음엔 태풍이 지나가면서 들녘에 피해를 입힌 적이 많았습니다. 특히 질소 비료를 너무 많이 뿌린 논에는 벼들이 힘없이 쓰러져 추석을 보내러 온 가족이 부모님과 함께 벼를 일으켜 세워 묶는 모습들이 농촌의 풍경이기도 했습니다.

올해는 한여름부터 초가을이 시작되는 백로까지 태풍이 한 번도 오지 않았습니다. 쓰러진 벼들이 없고 큰 재해가 없으니 참 다행이지만, 너무도 뜨거웠던 여름과 잦아진 국지성 폭우가 여전히 걱정스럽습니다. 자연의 변화 속에서 농부는 더 겸손한 마음으로 살아가게 되네요.

추석 선물로 들어온 주문을 처리하기 위해 부지런히 택배와 물류 작업을 마무리했습니다. 이후에는 모든 직원들과 함께 쌀을 신고 담양에 다녀왔습니다. 그곳에 있는 노인복지시설 '예수마음의 집'에 쌀을 기부하기 위해서입니다. 십팔 년 째 이어오고 있는 미실란의 전통이자 문화랍니다. 30대였던 우리 부부가 아홉 살, 일곱 살의 아들과 함께 시작했는데, 어느새 저희는 50대 중년이 되었고 아들들은 청년이 되었네요.

많이 연로해지셨지만 여전히 처음 뵈었을 때와 같은 맑은 미소로 반겨주시는 수녀님과 지난날을 회고하는 이야기를 나누었습니다. 돌아오는 길, 미실란 직원들에게 제가 먼 훗날 미실란 대표직에서 물러난 후에도 이 활동은 쭈욱 이어갔으면 한다는 당부를 남겼습니다. 작은 나눔이 우리에게 얼마나 큰 행복을 선물하는지, 많이 소유해서 나눌 수 있는 것이 아니라 나누다 보면 더 큰 것을 얻고 배우게 된다는 삶의 진리를 이야기해 주면서 말이죠.

추석 선물세트 준비를 하면서 얼마나 많은 분들이 미실란을 사랑해 주시고 아껴주고 있는지 다시금 깨달았습니다. 보내주신 사랑과 응원을 꼭 기억하며 더 많은 분들과 나누고 함께하는 미실란이 되도록 노력하겠습니다.

2024

첫 메밀 농사, 다시 초보 농부입니다

무더웠던 여름도 이제 물러날 시간이 다가오는 것 같네요. 요즘은 선선해진 아침 공기를 즐기며 몇 주 전 심은 메밀을 살피는 재미가 쏠쏠합니다. 메밀은 처음 심어본 것이라 초보 농부의 마음으로 돌아가는 기분도 즐기고 있습니다.

가을 메밀은 남부 지방에 8월 중순경 파종할 수 있다고 하여 평창에 계신 지인에게 부탁해 종자를 구했지요. 파종 후 45일쯤 지나면 하얗게 꽃이 핀다고 하기에, 가을에 만날 하얀 메밀꽃밭을 기대하면서 씨앗을 뿌렸습니다. 파종 후 살짝 단비가 내린 덕분인지 사흘 만에 메밀 새싹들이 힘차게 땅을 박차고 나오기 시작했습니다.

그런데 싹이 올라온 상황을 보니 씨앗을 너무 촘촘하게 뿌리고 말았네요. 경험 많은 농부님이 지나가며 한마디씩 건네기 시작하더군요. 너무 밀식이 되어서 영양분이 부족하겠다고, 유기농 비료를 좀 더 뿌려서 키우거나 더 크기 전에 적당히 솎아내 주라고요.

안타까운 점은 밀도뿐만 아니라 메밀 생육의 시기도 제 예상을 빗나가고 있는 상황입니다. 45일 전으로 계산해 8월 말에 심은 것인데, 파종한 지 한 달이 채 되기 전에 벌써 메밀꽃이 피기 시작했습니다. 강원도의 메밀 생육 환경과 남부 지방은 확실히 다른 탓이겠지요. 역시 농사는 이론과 경험이 함께 더해질 때 제대로 할 수 있는 것 같습니다. 올해 처음 하는 농사라 시행착오를 겪고 있는 만큼 내년에는 조금 더 나아지리라 기대해 봅니다.

메밀 농사를 멋지게 잘 짓진 못했지만, 다가오는 20일과 21일에 진행되는 제4회 섬진강마을영화제에서는 절정으로 핀 순백의 아름다운 메밀꽃을 감상하실 수 있습니다. 지역 활동가들과 함께 오랜 논의 끝에 준비한 이번 영화제의 부제는 '만물평등주의'입니다. 아름다운 섬진강 들녘을 곁에 두고서 영화제도 즐겨보세요.

2025

볕과 물, 바람이 과하지 않은지 가늠하며
매일 논을 들여다봅니다.
자연의 속도 앞에서 한없이 겸손해지지요.

문화가 꽃피는 마을

㈜미실란은 쌀 가공업체이다. 이동현 대표가 특허를 내고 발아 기계까지 직접 만들어 출시한 발아현미를 중심으로, 다양한 제품을 오프라인은 물론이고 온라인으로도 판매하고 있다.

그런데 미실란에 처음 온 이들에게 카페와 책방, 복합문화공간을 안내하면, 똑같은 질문을 받는다. 미실란의 정체가 무엇이냐고. 농업회사법인들이 거의 하지 않는 일들을 미실란이 하고 있기 때문이다. 그 일들은 대부분 문화예술과 관련이 깊다.

김탁환: 미실란은 처음부터 문화에 관심이 많았습니까? 어찌어찌 지내다 보니 문화 쪽 일들을 하게 된 겁니까?

이동현: 당연히 전자입니다. 지방 농촌에 문화가 부족하다는 이야기

가 나오면, 군청이 대부분 축제로 만회를 하려고 듭니다. 곡성도 봄에는 장미 축제를 하고 가을에는 심청 축제를 하고 있지요.

축제를 하는 기간에는 그래도 사람들이 꽤 많이 모이지만, 축제가 끝나면 다시 썰렁합니다. 장미 축제든 심청 축제든 곡성에 사는 군민들이 즐긴다기보다는 관광객들을 유치하기 위한 노력을 더 많이 하는 경향이 있고요. 그래서 남 이사와 진지하게 고민했습니다. 미실란이 동네에서 소박하게 해마다 여는 축제를 하는 건 어떨까 하고 말입니다.

김탁환: 그것이 삼무三無 그러니까 술이 없고 의전이 없고 평가가 없는 미실란 작은들판음악회로군요. 30회가 넘었지요?

이동현: 맞습니다. 미실란이 자리 잡은 곡성동초등학교가 장선 마을에서 떨어져 있기 때문에 음악회를 열어도 피해를 주지 않습니다. 누구나 와서 노래와 연주를 할 수 있는 음악회를 상상한 것이죠. 군의 지원은 전혀 받지 않습니다.

김탁환: 복도에서 갤러리도 운영하고 있지요?

이동현: 맞습니다. 누구나 와서 노래와 연주를 하듯, 섬진강 들녘에 어울리는 작품을 지닌 화가나 조각가들에게 전시를 할 기회를 주고 싶었습니다. 지금까지 18회 정도 전시를 했네요. 최소한 한 달 이상 복도에 전시를 하며, 원하는 경우 판매도 가능합니다. 작가님과 제가 산 작품도 꽤 되지요?

김탁환: 저는 다섯 점 정도 샀고, 한 점은 선물을 받았네요. 복도 갤

러리를 거쳐간 분 중에서 누가 가장 기억에 남으십니까?

이동현: 다들 좋으셨지만, 목수 화가 박정근 선생이 종종 생각이 납니다. 처음에 미실란에 왔을 때는 화가라기보다는 막일하는 노동자인 줄 알았습니다. 그땐 식당을 할 때인데 와서 처음 묻는 게, 이 메뉴 중에서 제일 싼 게 무엇이냐는 겁니다. 형편이 안 좋은가 보다 짐작하게 만들더군요. 덮밥을 먹은 후에도 가질 않고 쭈뼛쭈뼛했습니다. 숫기가 없어도 너무 없더군요.

제가 가서, 하고 싶은 말이 있으시냐고 여쭸습니다. 그랬더니 복도에서 전시회를 하고 싶은데 대관료가 어떻게 되느냐고 묻더라고요. 제가 대관료는 받지 않는다고 답했더니, 속 이야기를 꺼내놓으셨습니다. 귀촌을 하긴 했는데 속아서 집을 사는 바람에 어려움을 겪고 있다고요. 그림들도 제대로 보관을 못 하고 있는데, 미실란 복도를 보고 나니 이런 곳에 전시를 하면 참 좋겠다는 생각이 들었다는 겁니다. 그래서 일 년 동안 전시를 했습니다.

김탁환: 일 년이나요?

이동현: 작품이 무척 뛰어났습니다. 귀촌하며 사기를 당해 작업을 계속할 수 없다면 너무 안타까운 일이잖아요? 그래서 박정근 화가를 널리 알려야겠다는 생각이 들어서, 한두 달이 아니라 일 년 동안 복도에 내내 걸어뒀죠. 다행히 그때부터 형편이 풀려 작품들도 판매하고 돈을 모아 집도 고쳤습니다.

나중에 저녁 초대를 받아서 가봤지요. 지금도 활발하게 활동하고 있습니다. 다시 생각해도 참 뿌듯하고 뭉클하네요. 복도 갤러리를 해서 미실란이 돈을 벌 것도 아니고, 이곳은 지방 농촌에서 열심히 그림을 그리거나 조각을 하는 영혼들을 위한 공간으로 앞으로도 계속 둘 예정입니다. 작가님이 미실란 이십 주년 기념식 때 말씀하신 '둠벙'의 역할이 이런 것이겠죠?

김탁환: '발채의 마음'을 짓느라 지금은 없어졌지만, 제가 내려온 2021년만 해도, 연으로 덮인 둠벙이 있었죠. 구렁이도 다니고 미꾸라지도 잔뜩 들어찬 웅덩이! 2022년 가을부터 시작한 '섬진강마을영화제'에서도 미실란은 둠벙의 역할을 톡톡히 하고 있다고 생각합니다만.

이동현: 그런가요? 농촌 현실을 담은 다큐멘터리들을 좋아하긴 했습니다. 그땐 책을 즐겨 읽던 시절은 아니었죠.

황윤 감독님과 작은 인연이 있습니다. 일본 유학 시절인데 잠시 귀국한 적이 있습니다. 그때 '야생동물소모임'에 참가하여 답사를 다니다가, 황윤 감독 부부를 처음 만났지요. 황윤 감독이 〈잡식 가족의 딜레마〉를 찍을 때 곡성의 돼지 농장들을 소개해 주기도 했고요. 영화가 완성된 후엔 미실란에서 상영을 하고 감독과 대화하는 자리도 가졌습니다.

김탁환: 2020년인가요? 작은들판음악회를 하기 전에 오정훈 감독님의 다큐멘터리 〈벼꽃〉을 곡성 군민들과 함께 본 기억도

나네요. 그땐 감독님은 안 오시고, 대신 저랑 대표님이랑 대
화를 나눴었죠?

이동현: 맞습니다. 그런 과정을 거치면서, 생태와 농사와 마을을 다
룬 다큐멘터리들이 있다는 걸 알았습니다. 그래서 이듬해
섬진강마을영화제를 준비할 때도 운영위원으로 참여한 것
이고요. 문외한인 제가 영화제를 열어도 되겠다고 생각한
건 곡성을 비롯하여 섬진강 이웃 마을에 다큐멘터리와 관련
된 이들이 꽤 많이 살고 있더라고요.

우리 두 사람을 찍은 〈농부와 소설가〉의 박혜연 감독도 농
촌 유학을 와 있었고, 노동자뉴스단에서 오랫동안 활동한
유명희 감독도 있었으니, 작품 선정엔 문제가 없겠다 여겼
습니다. 지금은 〈월성〉을 찍은 남태제 감독까지 합류해서,
해마다 탁월하면서도 섬진강과 어울리는 다큐멘터리들을
골라내는 것으로 소문이 났지요.

김탁환: 저도 그 와중에, 몇몇 소설이 영화화되었다는 이유로 운영
위원회에 참가했습니다. 마을을 걷고 영화 보고 다시 마
을 걷고 영화 보는 방식이 인기를 끌긴 했습니다만, 미실란
이 없었다면 이걸 밤까지 확장할 순 없었을 듯합니다.

이동현: 야외 상영을 하기에 적당한 곳이 드물죠. 차도 마셨으면 좋
겠고 섬진강과 들녘을 걸었으면 좋겠고 저녁식사도 건강식
으로 많은 사람들이 한꺼번에 먹었으면 좋겠고 비라도 내리
면 실내에서 영화를 틀 수 있었으면 좋겠는데, 이걸 모두 만

족시키는 곳이 미실란입니다.

직원들과 함께 준비를 해야 하니 힘들긴 하지만, 미실란이 둠벙의 역할을 한다고 생각하면 보람도 큽니다. 섬진강마을 영화제가 곡성을 대표하는 문화 축제로 자리매김했으면 합니다.

김탁환: 2021년 봄학기부터 '김탁환의 이야기학교'도 계속 하고 있지요. 이 대표님도 1기와 9기 수강생으로 십 주 강의를 다 듣고 수료를 하셨고요. 특히 9기 수료생 네 사람은 이미 각자 책을 네 권 출간하지 않았습니까? 이야기학교를 통해 글쓰기를 배우는 건 어떠했습니까?

이동현: 곡성에 사는 마을 사람들을 깊이 이해하는 시간이었습니다. 기수마다 열 명 내외로 같이 수업을 들었지요. 물론 성당이나 다른 자리에서 인사도 하고 같이 이런저런 일도 했던 분들이 대부분입니다. 그러나 속마음을 나눈 적은 거의 없었거든요. 그런데 그분들의 글을 읽노라면, 지나온 삶을 알고 생각과 감정을 알고 왜 곡성에서 살고 있는가를 처음으로 알게 되었답니다. 글이라는 게 참 놀랍더군요.

김탁환: 글쓰기를 배운 적은 없죠?

이동현: 학창 시절 국어 시간에 배운 것도 아니고, 대학에서 배울 기회는 더더욱 없었죠. 처음입니다. 저뿐만이 아니라 수업을 들은 곡성군민들도 대부분 읽고 쓰는 법을 배우지 못했고, 읽고 쓰는 것이 사람을 어떻게 바꿔놓는가도 몰랐던 것 같

습니다. 네 사람이 열 달 동안 애써서 책을 출간하는 걸 보곤, 기쁘기도 하고 부끄럽기도 했답니다. 새벽과 밤에 따로 집필 시간을 마련해서 쓰고 또 썼다는 걸 저는 아니까요. 그 책들 덕분에 그분들을 더 깊이 알게 되었듯이, 이 대화와 또 제 글을 묶은 책을 통해 독자들이 미실란이 어떤 회사이고 또 이동현이 어떤 사람인가를 알았으면 합니다. 이야기학교가 없었다면 꿈도 못 꿀 일이지요.

음악회와 갤러리와 영화제와 이야기학교를 따로 떼어놓고 보면 비슷한 문화활동을 하는 이들이 적지 않다. 그러나 이 네 가지에 책방까지 함께 하는 곳은 드물고, 그곳이 쌀 가공업체인 경우는 더욱 드물다. 곡성군에 문화예술을 전담하는 회사나 단체가 따로 있다면, 미실란이 이것들을 전부 할 이유는 없을 것이다.

기다린다고 상황이 개선될 것 같진 않다. 미실란에서 문화예술에 관심을 쏟고 활동을 계속하자, 뜻밖의 효과도 생겨나기 시작했다. 지금까진 농사 따로 쌀 가공업 따로 문화예술 따로 이렇게 바라보았는데, 이 셋이 함께 어우러지면서 새로운 길을 내고 있는 것이다.

돌이켜보면, 인류는 일과 놀이를 엄격하게 분리한 적이 없다. 일하면서 놀고 놀면서 일하며 여기까지 온 것이다. 미실란 역시 생산과 소비를 아우르면서 다양한 업무를 해나가는 회사로 점점 자리를 잡아가고 있다.

미실란은 어떤 회사인가. 쌀 가공업체라는 답은 이제 절반 정도

만 맞다. 미실란은 쌀 가공업체이면서 교육과 체험과 문화활동을
선도한다.『아름다움은 지키는 것이다』를 출간한 후 농부와 소설가
가 함께 북토크를 150번 가까이 다녔듯이, 미실란은 지금까진 상
상조차 하지 않았던 협업과 연대의 꿈을 현실로 바꾸는 회사이다.

기쁨과 아쉬움은 낟알 하나 차이

한로寒露가 들면 아침 공기가 눈에 띄게 차가워지고, 들녘에는 서늘한 기운이 깔립니다. 여름 철새는 남쪽으로 떠나고, 겨울 철새들이 자리를 대신합니다. 제비가 강남으로 돌아가고, 기러기가 하늘을 가로지르며 날아오는 이때, 논에 머물던 물도 서서히 마릅니다. 농부는 그제야 논으로 들어가 낫과 콤바인을 준비합니다.

하순이 되면 상강霜降이 찾아옵니다. 서리가 내린다는 뜻처럼, 상강은 아침 저녁의 찬 기운이 몸으로 느껴지는 시기입니다. 낮에는 맑고 높은 하늘이 이어지며, 들과 산에는 단풍이 절정을 향해 깊어갑니다. 남부 지방에서는 이 무렵 보리와 밀을 파종하기도 했습니다. 논과 밭을 쉬지 않게 하려던 농부들의 지혜였습니다. 그러나 이제 곡식을 위한 보리밭은 거의 사라지고, 대신 소가 먹을 청보리를 심는 풍경이 더 익숙해졌습니다. 농사의 모습은 달라졌지만, 땅을 비워두지 않으려는 마음만큼은 여전히 이어지고 있습니다.

상강 무렵의 들녘은 수확의 기쁨과 한 해를 내려놓는 아쉬움이 함께 머무는 자리입니다. 고개 숙인 볏짚 사이로 바람이 지나가고, 농부의 손은 자연스레 다음 겨울을 향합니다. 한로와 상강은 농사의 끝이 아니라, 한 해를 무사히 건너왔음을 조용히 확인하는 시간입니다.

인생도 농사도 기다림입니다

　예전에는 추수 기간 동안 온 동네 농부들이 모여 집마다 돌아가며 낫으로 벼를 베었습니다. 베고 난 벼들은 볏짚을 엮어 볏단을 만들어 세우고 잘 말린 후 인력 탈곡기로 탈곡을 합니다. 그 후엔 동네 공터와 작은 마당에 멍석(우리 동네에서는 덕석이라 함)을 깔고 탈곡한 벼를 말렸지요. 벼가 잘 마르도록 발을 끌면서 벼를 뒤집어주기도 하면서 말이죠.

　이제는 벼 베는 것부터 탈곡까지 한꺼번에 할 수 있는 콤바인이 등장해서 인력 탈곡기는 박물관이나 체험장에서만 볼 수 있는 농기계가 되었습니다. 벼를 말리는 건조 방식도 몇 시간 만에 많은 양을 말릴 수 있는 전기 곡물건조기까지 등장해서 볏짚을 엮어 만든 멍석 문화도 볏짚 공예가들을 통해 겨우 이어가고 있지요. 참 많이 변했고, 변하고 있음을 느낍니다.

물론 수많은 변화 속에서도 변하지 않아야 할 것이 있겠지요. 그것이 생태를 지키고자 하는 우리의 마음이길 바랍니다. 농부는 추수 과정에서 발생하는 볏짚을 한 해 동안 애쓴 땅에 고맙다는 마음으로 되돌려줍니다. 소의 먹이가 되는 대신 땅으로 돌려보낸 볏짚은 훗날 벼가 필요로 하는 천연의 규산질 비료 역할을, 볏대는 땅에 산소 통로가 될 수 있도록 해줍니다.

들녘의 추수가 마무리되면 많은 분들이 기다리고 계신 미실란의 햅쌀 발아현미 생산에 집중할 예정입니다. 급하게 서두르지 않고, 쌀의 영양이 무르익도록 한 달 이상 저온에서 숙성시킨 후 발아를 시작할 계획입니다. 그래야 건강에 좋은 영양분을 한껏 머금고 건강한 발아현미로 탄생할 수 있기 때문이지요.

하늘에 순응하는 자세로 농부는 정성을 다해 들녘을 살피며 논 습지의 생명들을 지키고 있습니다. 귀할수록 바라보며 기다릴 줄 알아야 한다는 진리를 지키기 위해 노력하면서 말입니다. 질소비료, 제초제, 화학 농약을 과하게 살포하면 결국 논에 사는 생명들을 소멸시킬 것을 알기 때문이지요.

22일과 23일 이틀 동안 온가족이 함께할 수 있는 제2회 '섬진강 생태판소리한마당'이 개최될 예정이니 함께 즐겨주시길 바랍니다. 들녘을 지키는 길에 마음 보태고 동행해 주셔서 감사합니다.

2022

올해는 풍년일까요?

하늘과 들녘 생명들의 보살핌 덕분에 올해도 농사를 잘 지었습니다. 한여름에는 우렁이 농부, 오리 농부, 그리고 사람 농부가 정성껏 잡초를 뽑고 살폈지요. 초가을에 접어들어서는 다양한 품종들의 병해충 발생과 피해를 조사하고, 품종이 섞이지 않도록 낫을 이용해 수확했습니다. 수확한 벼는 종자용 탈곡기로 탈곡해서 품종별 수확량과 무게 등 특성을 조사했습니다. 품종들은 잘 말린 후 저온저장고에서 숙성시켜 일부는 종자용으로, 일부는 건강에 좋은 발아현미와 가공식품 연구에 사용하고 있답니다.

추수 시기만 되면 많은 분들이 똑같은 질문을 해옵니다. 올해 벼 농사 잘되었냐고요. 한결같이 농사를 짓다 보니 절기와 기상, 들녘과 주변의 나무와 식물, 그리고 생명들을 보면 그해 풍흉을 짐작할 수 있는데, 올해는 풍년이라 하긴 어려울 듯싶습니다. 모내기가 끝나고 100일 동안 피고 진다는 목백일홍이 다른 해보다 이 주가 훨씬 지나서 만개를 했습니다. 다른 해보다 화려하게 피지도 않았고요.

8월 15일 출수기 이후부터 벼가 익어가는 9월까지는 비도 자주 내렸습니다. 이럴 때는 벼가 선 채로 발아하는 수발아 현상과 병해충 발생 빈도가 높아지는데, 올해가 딱 그랬습니다. 모든 농가들의 추수가 끝나면 좀 더 상황을 파악해 보겠지만, 저를 비롯한 농민들의 고민이 날로 깊어집니다.

들녘의 힘으로 키운 유기농 쌀의 소중함을 많은 분들이 이해해 주시길 바라며, 건강함을 가득 담은 햅쌀을 여러분의 밥상에 부지런히 전달해 드리겠습니다.

러시아와 우크라이나 전쟁, 이스라엘과 팔레스타인 분쟁으로 뉴스가 시끌시끌한 요즘이네요. 거스를 수 없는 기후위기로 식량 자급과 기후 생태 환경의 중요성이 점점 더 커져가는 상황입니다. 미실란과 우리 농부들이 생산한 쌀을 적극적으로 찾아주신다면 함께 들녘과 평화를 지킬 수 있으리라 생각합니다. 환절기에 모두 건강 잘 챙기시고요.

2023

영화제는 끝나지 않을 겁니다

섬진강가 들녘의 벼들이 노랗게 익어가는 가을날, 사흘간의 영화제가 성황리에 열렸습니다.

영화제 구상은 삼 년 전 미실란 옥상에서 문화를 품은 공간을 꿈꾸며 아이디어를 나누는 과정에서 시작되었습니다. 지역의 아름다움에 대한 가치를 지키며 활동하고 있는 여러 활동가들과 함께 협력하여 수차례 논의한 끝에 2022년 제1회 섬진강마을영화제를 열었고, 올해로 어느덧 3회를 맞이하였습니다. 여기엔 영화제의 의미와 가치를 지지한 든든한 후원자들의 응원이 큰 몫을 했습니다.

개막식과 개막작 상영은 옥과면 마을에서 했는데, 마을 어르신들이 많이 찾아주셔서 더없이 흐뭇했습니다. 객석이 꽉 찬 후 뒤늦게 들어오시는 어르신들을 위해 젊은이들이 미소 지으며 자리를 양보하고, 뒤에서 관람하는 모습도 참 정겹고 좋더라고요. 개막작 〈광천동 김환경〉이 상영되는 동안 끝까지 자리를 지키며 몰입해서 보시는 마을 주민들 그리고 전국 각지에서 찾아와주신 여러 관객들 덕분에 영화제를 준비한 모두가 든든한 마음으로 행사를 시작할 수 있었습니다.

2일차에는 섬진강 들녘의 정취를 좀 더 느낄 수 있도록 오전 열한 시에 곡성역에서 모여 함께 마을을 걷는 활동부터 프로그램을 운영했습니다. '자박자박 마실'이라는 주제로 곡성역에서 섬진강까지 걸으며 공동운영위원장인 김탁환 작가님과 박진숙 관장님 그리고 남태제 감독님이 이야기꾼이 되어 안내를 해주셨지요.

점심 식사 후에는 '발채의 마음'에서 인도 다큐멘터리 〈조류를 거슬러〉와 지역 아이들이 만든 '메이드인섬진강' 섹션의 단편들을 상영했습니다. 특히 삼기초등학교의 영화 〈말할 수 없는 비밀〉과 옆동네 구례 중동초등학교의 영화 〈어우렁 더우렁〉을 만들고 출연한 학생들과 교사들과 함께한 관객과의 대화는 유쾌한 웃음으로 가득 찬 아름다운 시간이었습니다.

저녁으로 채식 뷔페를 즐긴 후에는 책방 앞 운동장에서 축하 공연과 영화 상영이 진행되었습니다. 2일차 상영작은 양희 감독님의 데뷔작인 다큐멘터리 〈바람이 전하는 말〉로 대한민국 대중음악의 역사인 김희갑 선생님과 옆지기이자 작사가인 양인자 선생님의 인생 이야기를 담은 영화였습니다. 보는 내내 감동의 물결이 넘실거렸고, 영화 속 김희갑 선생님이 작곡한 다양한 노래가 나올 때마다 관객들이 노래를 따라 부르며 함께 즐기는 아름다운 가을밤을 보냈습니다.

마지막 날에는 곡성군 작은영화관에서 기후위기 시대를 살아가는 우리의 성찰을 담은 〈연습〉과 〈바로 지금 여기〉 두 작품이 상영되었습니다. 영화 상영 사이에 바이올리니스트 이은주 님과 허윤정 트리오의 노래와 연주도 읍내를 아름다운 선율에 푹 빠지도록 하는 매력적인 시간이었지요.

'늦었다고 말하는 당신에게'라는 주제로 고른 이번 영화제의 상영작들은 다양한 방식으로 지금부터 우리는 무엇을 해야 하는지, 어떤 삶을 살고자 하는지에 대한 고민과 질문들을 안겨줬습니다. 각자의 직업과 활동으로 바쁜 일상 속에 여러 우여곡절을 거치며 준비 과정이 쉽지 않았지만, 함께 공유하고자 했던 메시지가 관객들에게 진심으로 전해졌길 바라는 간절한 마음 담아, 내년에 다시 만나자는 인사로 영화제를 마무리했습니다.

매년 회차를 거듭할수록 이보다 더 만족스러운 영화제를 이어갈 수 있을까 걱정이 앞서기도 합니다. 하지만 우리는 또 연대의 힘을 믿고 나아가겠습니다. 섬진강마을영화제를 통해 '지역 소멸'과 '위기의 농촌'이라는 단어를 넘어 생태 전환의 시대에 어울리는 걸음을 딛겠습니다.

2024

타들어가는 농심

　수확을 앞둔 농부들은 벼를 파종하면서 풍년을 기원했던 바람이 이루어지길 소망합니다. 하지만 아무래도 올해 농사도 풍년을 기대하긴 어려울 것 같습니다. 재작년부터 극심한 폭염, 잦은 강수 등 고온 다습한 기후가 지속되더니 올해도 상황이 좋지 않습니다.

　작황이 걱정되어 8월 말부터 미실란 발아현미 생산 농가 중심으로 돌아다니며 조사를 했는데, 올해 벼멸구 피해는 크게 눈에 띄지 않았으나 깨씨무늬병 피해가 심각한 들녘을 자주 확인할 수 있었습니다. 깨씨무늬병은 벼의 잎, 줄기, 이삭 등에 암갈색 또는 갈색의 반점이 생기는 곰팡이 병으로, 주로 양분이 부족한 사질토나 오랜 기간 벼를 재배한 논에서 발생하며, 깨씨무늬병이 발생할 경우 생산량이 감소할 뿐만 아니라 쌀의 품질도 현저히 떨어집니다.

미실란의 발아현미 생산 농가에서는 피해가 별로 없었지만, 다른 이웃 농가의 들녘은 심각했습니다. 9월 초순부터 시작한 깨씨무늬병이 10월에는 들녘 전체를 뒤덮는 경우도 있었습니다. 뉴스를 보니 지난해에 비해 두 배가 넘는 피해라고 하네요. 농부들의 마음이 타들어가고 있습니다.

다행히 농업재해대책심의위원회에서 이상 고온으로 발생한 벼 깨씨무늬병을 농업재해로 인정하기로 했다는 발표를 보고 마음이 조금 놓입니다만, 이상 기후에 대응하는 농업 정책에 대한 논의는 앞으로도 꾸준히 활성화되어야 합니다.

기후위기 속에 농가들의 고민은 깊지만, 그래도 수확의 계절인 만큼 걱정보다는 감사의 마음을 더 나누고 싶습니다. 특히 올해는 미실란이 곡성에 정착한 지 이십 주년을 맞이해 저희를 사랑해 주신 분들을 모시고 생일 파티를 마련했습니다. 건강한 기업으로서 미실란이 앞으로 나아가야 할 길을 함께 모색하기 위해, '파타고니아'의 경영 철학을 듣고 나누는 자리도 준비했습니다.

이 편지는 캐나다 토론토에서 쓰고 있습니다. 세계 시장에는 케이푸드 열풍이 불고 있습니다. 발아현미와 발아오색 미숫가루 등 미실란의 건강한 먹거리를 알리고, 수출 길을 열기 위해 열심히 뛰어다니고 있답니다. 좋은 성과로 이어질 수 있길 응원해 주세요.

2025

수많은 변화 속에서도 변하지 않아야 할 것이 있겠지요.

그것이 생태를 지키고자 하는 우리의 마음이길 바랍니다.

식당 휴업,
우린 해법을 찾을 거예요!

　미실란의 이십 년도 그렇고, 내가 곡성으로 내려온 뒤 오 년도 어떻게 보면 혼돈과 머뭇거림과 실수의 나날이었다. 수학 공식처럼 답이 명확한 경우보다는 최소한 서너 갈래 갈림길을 앞에 두고 고민하는 경우가 잦았다. 그중 하나가 '밥카페 반飯하다'의 휴업이다. 2023년 6월 1일 이 대표가 당분간 이 식당을 멈추기로 결단을 내린 것은 장사가 되지 않아서가 아니다. 오히려 너무 많은 손님들이 밀려든 것이 화근이었다.

　여기서 알아둬야 하는 것은 미실란이 다양한 업무를 하는 회사이고, 한두 가지 부분으로 일감이 몰리면 무게중심을 잃고 뒤집혀 침몰하는 배와 같은 꼴이 난다는 점이다.

　특히 4월부터 봄이 끝날 때까진 매일 손님들로 넘쳐났다. 발아현미를 비롯하여 다섯 가지 쌀로 짓는 밥에 곡성 들녘에서 나는 야채로 요리한 제철 반찬은 건강하고 맛있다. 논으로 둘러싸인 곳에서 넓고 푸른 하늘을 바라보며 식사를 하는 것 또한 매력적이었다. 손님들이 밀려들자, 식당에서 주문을 받고 요리를 하는 직원들 말고도 생산 파트와 관리 파트 그리고 기획 파트 직원들까지 점심때면 모두 식당으로 달려가야 했다.

한두 번은 일손을 돕는다며 웃을 수 있지만, 매일 이런 일이 반복되면 지치고 힘들 수밖에 없다. 미실란은 식당을 하기 위해 만들어진 회사가 아니다. 그런데 몰려든 손님들은 한 시간을 훌쩍 넘겨 두 시간 때론 세 시간을 기다리면서 갖은 불만과 항의를 직원들에게 했다. 젊고 유능한 몇몇 직원들은 미실란에서 이탈할 조짐까지 보였다.

식당을 통해 돈을 버는 것도 좋지만, 이런 상황에서 잠시 쉬어가기 위해 이 대표가 결단을 내렸다. 나는 이 대표의 관점에서 이 문제를 짚어보고 싶었다.

김탁환: 식당의 문을 잠시 닫겠다고 결심한 이유는 뭔가요?
이동현: 봄이면 손님들이 몰려온 건 아시죠? 지금은 직원 식당으로
　　　　쓰는 공간에서 손님들을 받았습니다. 교실 한 칸인데, 그것
　　　　도 주방과 손님용 테이블이 함께 들어갔지요. 돈을 버는 것
　　　　만 생각했다면, 식당을 확장하는 쪽으로 방향을 잡았을 겁
　　　　니다. 일이 망해도 문제지만 흥해도 문제더군요.

두 가지가 제 목을 옥죄었습니다. 하나는 주방에서 요리를 하고 테이블을 돌며 손님을 응대하는 직원들이 월급을 터무니없이 올려달라는 요구를 한 겁니다. 손님들이 너무 몰려들어 일하기 힘들다는 게 이유였죠.

우리는 밥과 국과 반찬을 내는 한식 식당이고 또 점심 장사만 하니까, 손님들이 아무리 많이 온다고 해도 벌어들이는 돈이 빤합니다. 그런데도 자꾸 임금 인상을 요구하더라고요. 봄부터 손님들이 밀려드는 걸 알고 있기에, 인상 요구를 제가 받아들일 수밖에 없다고 여겼던 겁니다. 급기야 그 직원들이 모두 식당을 나가겠다는 식의 말까지 나왔습니다.

둘째, 이런 와중에 젊은 직원들이 몹시 흔들리는 걸 느꼈습니다. 식당 직원들이 딴마음을 먹으니 일이 제대로 돌아가질 않았고, 그 부족한 부분을 이 직원들이 몇 달 동안 메웠던 겁니다.

김탁환: 청년 직원들이 지쳤겠네요.

이동현: 지쳤죠. 젊은 직원들의 표정이 점점 어두워졌습니다. 팅겨 나가기 직전이었죠. 그래서 2023년 5월 31일 무지무지 많은 손님들이 오고 난 뒤에 결단을 내렸죠. 6월 1일부터 당분간 식당을 접기로!

김탁환: 육 개월 정도만 쉬고 다시 열겠단 말씀을 제게 하셨죠. 뜻대로 되진 않았습니다. 2024년에도 2025년에도 식당은 정식 영업을 재개하지 못하고 있으니까요.

이동현: 미실란의 철학에 동의하는 이들로 진용을 짜고 싶었습니다. 예전에 주방을 맡으려고 들어온 분들이 조미료 적당히 치고 소나 돼지, 닭고기 중심으로 요리를 내면 쉽게 갈 일을 괜히 밥과 국과 나물 중심의 반찬을 택해 어려운 길을 간다며 불만을 토로하는 걸 여러 번 들었습니다.

음식 재료부터 요리법과 손님들을 응대하는 데까지 미실란이 지금까지 걸어온 길과 맞아야 하는데, 아직까진 적임자를 찾지 못했습니다.

김탁환: 농사든 장사든 사람이 중요하죠. 식당을 다시 열려고 준비할 때 고려할 점이 더 있습니까?

이동현: 남근숙 이사에 대한 의존도를 낮춰야죠. 회사 관리를 총괄하는 자리에 있는데, 식당이 바쁘다고 점심 전후에 주방에만 있으면 회사 곳곳에서 문제가 터지니까요.

남 이사와 계속 의논 중인 또다른 문제는 메뉴 개발입니다. 미실란을 꾸준히 찾아준 중장년층의 입맛도 만족시키면서 젊은 층의 관심을 끌 수 있는 메뉴를 지금도 찾는 중입니다. 물론 발아현미 중심의 밥을 낸다는 원칙은 지켜나갈 것이고요.

점심 장사를 쉬고 있긴 하지만, 손님을 아예 받지 않는 것은 아니다. 미실란의 생태 체험과 교육 그리고 책방 북토크, 영화제와 음악회에 참가하는 이들의 예약을 받아 그때그때 미실란 건강 밥상을 선보이고 있다. 매일 식당을 열고 손님을 다 받는 방식이 아니라, 미실란의 프로그램 속에서 미실란의 철학이 담긴 요리를 예측 가능한 이들에게만 내고 있는 것이다.

이 대표는 머지않아 꼭 식당을 다시 열고 모든 이에게 건강 밥상을 선보이겠노라 밝혔다. 그렇다고 사람과 메뉴와 공간과 재료가 완비되지 않았는데, 섣불리 손님부터 맞는 일은 없을 것이다.

비로소 숨을 고릅니다

추수가 끝난 11월, 들녘은 비로소 숨을 고릅니다. 겨울의 문턱에 들어섰음을 알리는 입동立冬이 오면, 논과 밭은 더 이상 말이 없고 농부의 걸음도 한결 느려집니다. 볏짚은 차곡차곡 정리되고, 빈 논에는 찬 기운이 내려앉습니다. 입동은 농사가 끝났음을 알리는 절기이자, 한 해를 무사히 건너왔다는 안도의 시간입니다.

입동과 소설小雪 사이에는 농민들에게 특별한 의미를 지닌 '농업인의 날'이 있습니다. 흙 토土 자를 열 십十과 한 일一로 풀어 11월 11일을 농업인의 날로 삼았다고 합니다. 흙이 세 번 겹친다는 삼토三土의 철학에는 "흙에서 태어나 흙과 더불어 살다가 흙으로 돌아간다"는 농민의 숙명 같은 삶이 담겨 있습니다. 이날만큼은 농부 스스로가 흙의 자식임을 다시 한번 되새깁니다.

11월 하순, 소설이 들면 얼음이 얼기 시작하고 첫눈 소식도 들려옵니다. 아침 공기는 더욱 매서워지고, 들녘은 겨울 채비를 마친 얼굴로 변합니다. 소설은 본격적인 겨울을 알리는 절기지만, 농부에게는 쉬는 시간에 앞서 마음을 정리하는 시기입니다. 한 해 동안 땅에 쏟아부은 땀과 정성을 돌아보며, 감사와 아쉬움을 함께 내려놓습니다.

11월 11일,
우리가 흙의 자식임을 깨달은 날

입동에는 추수 후 말려둔 볏짚을 정리하는 시간을 가집니다. 쇠죽을 쑤어 소에게 먹이기 위해서지요. 예전에는 초가지붕의 재료로 이용하고, 메주를 띄울 때 활용하고, 사물을 묶을 끈으로 만드는 등 볏짚이 귀한 대우를 받았는데, 지금은 대부분 소의 먹이로 사용되는 추세입니다. 하지만 친환경 생태농업에서는 논에도 볏짚 일부를 남겨두어 천연 규산질 비료 역할을 할 수 있도록 하고, 볏대는 땅에 산소 통로가 될 수 있도록 사용한답니다.

입동이 지나면서 북부 지역부터는 이제 김장을 시작할 시간입니다. 예전엔 김치뿐만 아니라 시래기, 무말랭이, 호박, 고구마 줄기 등을 말리고 솜이불과 옷을 만들 재료인 목화를 따서 손을 보며 겨울 준비를 했었답니다.

11월 11일, 우리 동네에서도 농업인의 날 행사를 열었습니다. 농자천하지대본農者天下之大本이라는 긍지와 자부심을 갖고 살아온 농민들이 이제는 우루과이라운드, FTA 등으로 밀려드는 값싼 농축산물에 고통받고, 전반적인 식생활 변화로 쌀 소비가 급감하며 쌀값이 하락하면서 많은 어려움을 겪고 있습니다. 급변하는 변화 속에서 위기를 헤쳐 나갈 지혜를 나누고, 일 년간 고생한 서로를 격려하는 시간으로 행사는 차분히 마무리되었습니다.

농업의 일차적 역할은 모두가 굶주리지 않도록 식량을 공급하는 것이지만, 생산 과정에서 식량 공급 외에 다양한 가치를 창출합니다. 토양 보전과 수자원 보유, 아름다운 경관과 생물종 다양성 유지, 농촌 사회 및 문화 유지, 국토 균형 발전과 건강한 삶을 지향하는 우리의 고향 지키기 등 다방면에서 순기능을 하고 있지요. 농업의 가치를 존중하고 농민을 지키는 사회가 될 수 있기를, 들녘의 생명 평화를 지켜온 노력을 함께 응원하는 세상이 되기를 간절히 소망해 봅니다.

탈곡이 끝난 메마른 들녘에는 겨울잠을 자는 생명들과 더불어 자운영과 헤어리베치가 자리를 지킬 예정입니다. 내년의 새로운 싹을 준비하기 위해 단단하게 추위를 견디는 들녘의 인내를 배우며 겨울을 맞이하겠습니다. 생명이 살아 있는 발아현미밥 따뜻하게 지어 온가족 둘러 앉아 행복한 웃음꽃 피우시길 바랍니다.

2022

참새가 유기농 쌀맛을 알아버렸다

올해 미실란은 상강 즈음부터 품종 연구 논의 벼 추수를 시작해 10월 마지막 날 모든 추수를 마무리했습니다.

올해 벼 품종 연구 논에서는 기능성이 강화된 발아현미에 특화된 삼광, 큰품, 녹미, 흑향미, 적진주찰 품종과 당뇨 비만에 효과가 입증된 도담쌀 품종을 구역별로 나눠 일정 간격을 두고 심었습니다. 기계식으로 빽빽하게 심는 것보다 벼들이 충분한 공간을 두고 자랄 수 있도록 간격을 넉넉하게 두고 심는 것은 결코 비효율적이지 않다는 사실을 확인하고 싶었거든요. 그래서 한 해 동안 주기적으로 생육과 병해충 조사를 했고, 추수 시기에 수량과 관련한 조사도 마쳤습니다.

하지만 연구 자료를 정리하면서 고민이 되는 한 가지 변수가 있습니다. 바로 참새입니다. 참새들이 유기농 벼 알곡의 참맛을 알아버렸거든요. 허수아비를 세우고 그물망도 쳤지만 그물망 사이사이를 파고든 참새의 집요함을 막아내지 못했습니다. 보다 과학적인 데이터를 얻기 위해 내년엔 좀 더 치밀하게 대안을 준비해야 할 것 같네요.

수확이 끝난 들녘에는 온통 마시멜로 같은 소먹이 볏짚 곤포사일리지가 만들어졌습니다. 매년 곤포사일리지가 더 많은 수량으로 만들어지는 현실을 보면서 대규모 축산업이 성행하는 시대적 변화를 체감합니다. 적어도 이 년에 한 번씩은 꼭 볏짚을 흙에 돌려줘 지력을 지켜야 하는 유기농 생태농업을 지향하는 농민들도 볏짚을 축산농가에 파는 사례가 많아졌습니다. 땅과 자연의 힘을 중요시하는 그들의 소신마저 무너질까 염려도 커지는 날들입니다.

농민으로서의 사명과 역할에 대해 고민하는 날, 여전히 국민소득과 괴리가 큰 쌀값 시장과 들녘이 비닐하우스와 축사로 변하는 속도가 빨라지고 있음을 현장에서 지켜보며 마음 한편이 묵직합니다.

2023

호되게 당한 밀 농사

책방을 찾아주신 분들이 제일 좋아하는 것 중 하나가 마음에 드는 책을 구입해 바로 옆에서 들녘을 바라보며 맛있는 차와 함께 책 읽는 낭만을 즐기는 시간이라고 합니다.

올해는 그동안 컨테이너 건물로 작게 운영했던 카페를 새롭게 단장하면서 훨씬 넉넉한 공간을 만들 수 있었습니다. 실내도 넓어 졌지만, 외부 공간도 깨끗하게 정리하면서 카페 옆에 작은 공터가 생겼습니다. 공사하면서 쌓인 흙이라 지력은 아직 약하지만, 새로 운 작물을 심어보고 싶다는 생각에 난생처음 겨울 작물인 우리밀 을 심기로 결심했습니다. 2023년 천주교 생태환경농업연구소와 협약을 맺고 '새싹밀셰이크'를 개발하면서, 밀에 대한 관심과 애정 이 커지기도 했고요.

그래서 순창에서 우리밀 농사를 지으며 건강하고 단백한 빵을 굽고 있는 '니나의 밀밭' 이하연 님께 토종밀 종자를 분양받아 왔습니다.

크지 않은 공간에 심을 거라 읍내에서 미니 트랙터를 빌려오면 금방 심을 수 있겠거니 했는데, 다섯 품종이나 건네주시더라고요. 일복이 많은 저는 운명처럼 다섯 품종을 받아들고 종자별로 간격을 두고 심느라 며칠간 비지땀을 흠뻑 흘렸습니다.

하지만 밀 농사는 처음이다 보니 평당 어느 정도의 씨앗을 뿌려야 할지, 거름은 어느 정도 해야 할지 몰라 내내 우왕좌왕했습니다. 글갱이로 밀밭 고랑과 이랑을 만들다가 너무 힘들어 나무 밑에서 숨을 고르기도 했습니다.

물 한 모금 마시고 멍하게 밀밭을 바라보다가, 변변한 농기구도 없는 산밭을 개간하고 곡식을 가꾸셨던 울 엄마 생각이 나더라고요. 어떻게 그 긴 세월 동안 홀로 척박한 땅을 개간하고 콩, 참깨, 들깨, 고구마, 옥수수, 수수, 조…… 많기도 많은 작물을 가꾸며 자식을 먹여 살렸을까 하는 생각에 한없이 고맙고 존경스러운 마음이 들었습니다.

그렇게 엄마 생각을 하면서 다시 힘을 내어 밀 파종을 잘 마무리했습니다. 벼처럼 분얼을 많이 하지 않는 밀의 특성을 잘 모르고 너무 간격을 두고 심은 탓에 듬성듬성 자라 결국 밀밭의 모양은 조금 빠졌지만, 그래도 내년 초여름이면 황금 밀밭을 마주할 수 있는 기쁨을 상상해 보았습니다.

밭을 일구는 동안 책방과 카페를 방문한 여러 사람들이 반갑게 인사를 건네며 왜 이렇게 힘든 일만 골라서 하냐고 물으셨습니다. 저는 '긍께요……' 하고 웃으며 답하고 말았습니다. 아마 부지런하셨던 울 엄마 아들이라 부지런히 살 운명이 아닐까 생각하면서요.

12월에는 올해 수확한 유기농 벼를 도정해 숙성시킨 햅쌀 발아현미를 만나보실 수 있겠네요. 밀밭 곁에서 고른 책을 읽으며 행복해하실 여러분들을 상상하며 찬찬히 겨울 준비를 해나가도록 하겠습니다. 한겨울 파릇파릇 언 땅을 박차고 나올 밀을 위해서도 뜨거운 응원 부탁드립니다.

2024

계속 응원해 주시겠지요?

11월에 접어들며 짙은 안개가 들녘을 포근히 감싸고 있습니다. 겨울의 시작을 알리는 입동과 첫눈을 기다리는 소설이 자리한 11월, 들녘은 긴 숨을 고르며 고요히 겨울을 맞을 준비를 하고 있습니다.

열흘 전, 올해의 모든 추수 작업을 마무리했습니다. 예년과 달리 10월 내내 이어진 비로 논이 마르지 않아 콤바인이 들지 못했고, 결국 11월 초순이 지나서야 탈곡 소리를 들을 수 있었습니다. 벼멸구가 휩쓸었던 2023년, 깨씨무늬병과 기상 악화로 애를 먹었던 2024년, 그리고 추수 때까지 이어진 비로 또다시 고비를 맞은 2025년. 해마다 농부들은 농사를 지어내는 일이 조금 더 버겁고, 조금 더 마음 졸이게 된다고들 합니다.

올해는 특히 깨씨무늬병으로 상처 입은 논이 많아 알곡이 알차게 여물지 못하고(등숙률 저하), 밥맛과 식감, 윤기마저 흐트러지고(미질 저하), 수율 역시 지난해보다 떨어질 것이라는 소식에 들녘을 바라보는 마음이 더욱 조심스러워지네요.

그럼에도 미실란은, 이 어려운 농업 현실 속에서 스무 살을 맞이했습니다. 유기농 친환경 농업을 지키겠다는 원칙을 붙잡아온 시간이 결국 오늘의 미실란을 만들었습니다. 이십 년 동안 현장에서 찾아낸 건강한 품종을 농가에 보급하고, 종자 소독에서 파종, 모내기, 생육 조사와 추수까지 농가와 한 몸처럼 걸어오며 감사하게 올해도 큰 피해 없이 결실을 맺을 수 있었습니다.

이십 년간 현장에서 배우고 쌓아온 지혜를 돌아보면 세 가지 원칙이 중요했습니다. 첫째, 병해충에 강하고 밥맛이 좋으며 기능성 영양 성분이 풍부한 '건강한 종자'를 지역 농가와 함께 나누었다는 것. 둘째, 수확 후 남은 볏짚 일부를 필히 다시 논으로 돌려보내 땅이 스스로 힘을 낼 수 있게 도왔다는 것. 셋째, 화학비료·농약·제초제를 쓰지 않고 논 속 작은 생명들이 스스로 논을 살리는 힘을 믿어왔다는 것입니다. 여기에 자운영과 헤어리베치 같은 녹비작물을 심어 기후변화에도 흔들리지 않는 논을 만들고자 노력했지요.

"나를 지키고, 들녘을 지키고, 마을을 지키고, 지구를 지키겠다"는 스무 살 미실란의 다짐처럼, 앞으로도 미실란이 존재하는 동안 이 세 가지 원칙을 흔들림 없이 지켜가겠습니다. 이 편지를 받아보는 모든 분들께, 그리고 이 땅의 모든 살아 있는 생명들에게 그 약속을 다시 한번 전합니다.

여러분의 믿음과 응원이 있었기에 여기까지 올 수 있었습니다. 앞으로도 초심을 잃지 않고, 건강한 곡식과 바른 농업으로 여러분의 삶과 들녘, 그리고 지구를 지키는 일에 성실히 임하겠습니다.

2025

논은 여름 내내 품어온 시간을 고스란히 드러내듯
묵직한 빛을 띱니다.

천년 숲도 오늘부터

미실란이 걸어온 이십 년을 살피듯이 걸어갈 이십 년을 예측할 수 있을까. 지금으로부터 이십 년 후면 이 대표와 내 나이도 여든 살에 가까워진다. 창업 사십 년을 맞는 미실란은 어떤 모습일까. 어떤 모습이어야만 할까.

이 물음은 미실란만 들여다봐선 답을 얻기 어렵다. 미실란의 미래는 곡성군의 미래에 맞물려 있으며, 섬진강과 그 강에 기대어 이어오고 있는 벼농사의 미래와 연결되고, 더 멀리 나아가 여섯 번째 대멸종의 시대 기후위기를 맞은 지구의 미래에까지 가닿는다.

김탁환: 마지막으로 다룰 주제는 미실란의 미래입니다. 지나온 이십 년에 비추어 나아갈 이십 년을 그려보신 적 있으신가요?

이동현: 거창한 이야긴 제게 어울리지 않고, 이런 생각은 해본 적이 있습니다. 미실란이 사라진다면, 곡성군에서 친환경 생태농업이란 것도 없어지지 않을까. 뚜렷한 철학을 갖고 생태농업을 지켜야겠다고 나서는 회사가 드무니까요.

그런데 곡성에서 미실란이 사라질 정도가 되면 곡성군 자체도 지금처럼 자리를 잡은 채 있기는 힘들 거란 생각이 듭니다. 미실란은 플랫폼입니다. 1차 산업부터 6차 산업까지이든, 농사와 제조업과 문화예술이든, 어우러지기 힘든 사람과 활동 들이 함께 모여 무엇인가를 만들어내는 곳입니다. 저는 이런 만남과 연대와 확산에 기대를 걸고 있습니다.

김탁환: 개발만이 살 길이라는 주장과 전통 방식을 지키는 것만이 살 길이라는 주장 모두 미실란의 길은 아니란 뜻이시죠?

이동현: 이쪽이 나아지면 파괴되거나 사라지는 쪽은 없는지 살피는 게 중요합니다. AI도 중요하고 농사를 자동화하여 효율적으로 짓는 법을 발전시키는 것도 중요하지만, 그 길만이 살 길이라고 환호하기 전에, 그로 인해 잃게 되는 부분도 들여다봐야 합니다. 희망에 찬 미래도 있을 수 있고 절망에 찬 미래도 있습니다. 그 둘은 따로따로 오는 게 아니라 동전의 양면처럼 동시에 들이닥친답니다.

우리 세대가 가장 비판받아야 하는 건, 이 정도 왔으니 앞으로도 그냥 나와 내 가족과 내 회사만 잘 살면 된다는 자세입니다. 그런 자세로 일관하면 하루하루 변화하며 나아가려는 걸음들을 묶거나 막아설 겁니다. 미래가 멀리 있는 게 아닙니다. 오늘 어떤 자세로 무엇을 만들었는가가 곧 미래로 이어지거든요. '천년 숲'도 오늘부터 시작하는 겁니다.

나눌 이야기는 더 남아 있지만 오늘의 대화는 이쯤에서 마무리지었다. 군말보다는 행동을 할 때라는 걸 이 대표도 나도 느꼈다. 비행기 모드를 풀면 곧바로 우리를 찾는 전화와 메시지가 날아들 것이다.

나는 이 대표에게 대황강을 지나 압록을 돌아 섬진강을 따라 미실란에 닿을 때까진 비행기 모드를 바꾸지 말고 이 분위기를 유지하자고 했다. 많은 이야기를 쏟아낸 이 대표는 침묵했고, 나 역시 강을 따라 뻗은 버드나무들을 헤아리며 선뜻 말을 꺼내지 않았다. 이 대표는 이야기 중간중간에 천주교와 『성경』과 얼마 전에 선종하신 교황님의 말씀들을 받침돌처럼 놓았다. 나는 고개를 끄덕이면서도 그 위에 해월 최시형과 무위당 장일순의 언행 몇 가지를 얹고 싶었다.

압록을 돌아 침실 습지를 지나 장선 습지로 들어설 즈음, 나는 이동현 대표가 오늘 들려준 이야기들이 해월과 무위당의 언행과 닿아 있다는 이야기를 꺼내려 했다. 내 마음을 읽기라도 했을까. 이 대표가 갑자기 노래 한 곡을 흥얼거리기 시작했다. 가수 홍순관이 무위당 장일순을 기리며 쓰고 불렀다는 〈쌀 한 톨의 무게〉였다. 나도 이야기 대신 그 노래를 웅얼웅얼 옹알이를 하듯 따랐다. 이즈음이 우리가 다다른 하늘인지도 모르겠다.

하얀 벼꽃이 피고 지면, 낟알이 점점 익어가며
고개를 조금씩 조금씩 숙이기 시작합니다.

다시 흙을 믿는 시간

12월이 되면 들녘은 완전히 고요해집니다. 큰 눈이 온다는 뜻을 가진 대설大雪이 들면, 땅은 흰 이불을 덮고 한 해의 일을 잠시 내려놓습니다. 논과 밭의 경계도 흐려지고, 수확의 흔적마저 눈 속에 잠깁니다. 농부의 손은 잠시 쉬지만, 마음은 오히려 바빠집니다. 대설은 쉬는 절기이자, 돌아보는 절기입니다. 봄부터 여름과 가을까지 흘려보낸 시간들이 눈 내린 들녘 위에 겹겹이 쌓입니다.

대설을 지나 동지冬至가 오면, 밤이 가장 길고 낮이 가장 짧아집니다. 어둠이 제일 깊어지는 이날을 기점으로 해는 다시 길어지기 시작합니다. 겉으로는 모든 것이 멈춘 듯 보이지만, 자연은 이미 다음을 향해 보이지 않지만 움직이고 있는 셈이지요.

동지는 농부에게 끝이자 시작입니다. 한 해 농사를 무사히 마쳤다는 안도와, 다시 씨앗을 준비해야 한다는 다짐이 함께 머무는 날입니다. 흙은 얼어 있지만, 그 속에는 봄을 향한 시간이 흐르고 있습니다. 농부는 이 사실을 잘 압니다. 그래서 12월의 들녘 앞에서 조급해지지 않습니다. 대설과 동지는 한 해를 내려놓고, 다시 흙을 믿는 시간입니다. 가장 어두운 날을 지나며, 농부는 조용히 다음 봄을 기다립니다.

건강한 제철 간식 없을까요?

대설은 눈이 가장 많이 내린다는 뜻에서 나온 이름인만큼 예전엔 이 시기에 적설량이 많았습니다. 하지만 최근 기후 상황에서는 그렇지도 않은 것 같습니다. 들녘에 눈이 적당히 내려줘야 그 눈이 녹으면서 수분도 충전되고 눈 덮인 대지의 보온 효과로 밀과 보리가 잘 자랄 수 있는데, 뉴스에서는 겨울 가뭄 소식만 전해지고 있어 마음이 무겁네요.

동지는 악귀와 액운을 내쫓는 뜻으로 팥죽을 쑤어 먹고, 대문과 마당에 뿌리기도 했습니다. 음력 11월 10일 이전에 드는 동지를 '애동지'라 하는데, 이날에는 팥죽을 먹지 않습니다. 어린아이들은 팥죽 대신 팥을 넣은 떡을 먹고, 11월 10일 이후일 때는 '어른 동지'라 하여 다 함께 팥죽을 먹었지요. 과거 서당에서는 동지 이후로

낮의 기운이 점점 커지므로 아이들이 학문을 깨우쳐 밝게 커가기를 바라는 마음에서 서당의 입학식을 동지에 했다고도 하네요.

찬 바람이 불기 시작한 겨울엔 노랗게 잘 익은 호박으로 호박죽을 쒀 먹고, 서리 내리기 전 캐놓은 고구마를 살얼음이 언 동치밋국과 곁들여 즐겨 먹었답니다. 바닷가가 멀지 않았던 제 고향에서는 굴 구이와 굴 매생이국을 별미로 즐기기도 했습니다. 겨울바람에 잘 말려둔 곶감 간식도 우는 아이를 뚝 그치게 할 정도로 더없이 훌륭한 먹거리였습니다.

요즘엔 인스턴트 군것질거리가 넘치다 보니 계절에 따라 즐길 수 있는 자연 간식과 거리가 점점 멀어져가는 듯합니다. 우리 세대의 추억이 담긴 맛있는 겨울 음식들을 사랑하는 사람들과 함께 나누며, 빨갛게 튼 볼에 코를 훌쩍이면서도 아랑곳하지 않고 산천을 누비며 뛰놀았던 그 시절 행복한 추억상자를 함께 꺼내보셔도 좋겠습니다.

올해 12월이 더욱 뜻깊은 이유는 '생태책방 들녘의 마음'이 한 살 생일을 맞이하게 되었기 때문입니다. 일 주년 행사를 앞두고 예쁜 북트리도 만들고, 지난날의 기록을 정리하며 책방의 한 해를 돌아봅니다. 섬진강 들녘을 지키겠다는 첫 마음, 앞으로도 여러분과 오래오래 나누겠습니다.

2022

오십 원 동전 뒷면과 농부의 마음

올해는 가을 추수 전 비가 지속적으로 내려 벼를 포함한 잡곡 수확량도 상태도 예전 같지 않습니다. 하늘과 대자연 그리고 농부가 함께 짓는 농사이기에 그 누구를 탓할 수 없는 안타까운 상황이었지요. 특히 잡곡들의 작황에 타격이 컸습니다. 자연은 기계처럼 늘 똑같지 않기에 올해 잡곡 알곡 크기가 예전과 다르다거나 흠집이 많이 보인다는 쓴소리는 조금 삼켜두시고, 대자연과 더불어 농사 짓는 농부의 마음을 헤아려주시면 더 힘이 날 것 같습니다.

최근 유명 트로트 가수가 절절하게 부른 〈보릿고개〉는 요즘 감성에는 좀처럼 이해하기 어렵지만 1960~1970년대 보릿고개를 직접 경험한 이들의 마음을 울리는 곡이죠.

냉수 한 사발로 허기를 채우는 이들이 적지 않았던 그 시절, 저도 부모님 세대보다는 나아졌지만 1970년대 중반까지도 부족한 식량을 보충하기 위한 혼분식을 먹었습니다. 학교에서는 선생님께서 도시락 검사를 해서 잡곡을 섞지 않은 점심을 싸 온 학생을 꾸짖는 일이 허다했습니다.

혹시 오십 원 동전의 뒷면에 새겨진 그림을 기억하시나요? 우리가 365일 먹어도 질리지 않는 '쌀'이 그려져 있지요. 그때는 다들 하얀 쌀밥을 배불리 먹고 싶다는 소망이 얼마나 간절했는지 모릅니다.

하지만 언제부터인가 쌀값의 정체로 농사만 짓고는 살기 힘든 농민들이 농촌을 떠나 도시로 이주하는 현상이 급격히 심해졌습니다. 도시에서 심신이 지칠 만큼 일을 한 후에야 늘 그리워하며 지냈던 고향, 농촌으로 귀촌하는데 예전과 달라진 풍경과 열악해진 인프라 환경에 또다시 삶의 터전에 대한 고민을 하게 되지요.

깨끗한 시냇가와 황금 들녘보다는 비닐하우스와 축산 농가들이 더 많이 자리 잡은 농촌 풍경은 마음을 무겁게 합니다. 소득 수준이 높아지면서 육식 지향의 밥상이 확대되고, 수입 밀로 만든 빵과 면 요리가 자리매김하면서 농민들의 시름은 더욱 깊어지고 있죠. 그럼에도 불구하고, 저희 농가들은 올해도 꿋꿋하게 농사를 지었답니다. 충분히 칭찬받고 격려받을 만한 일이 아닐까요?

농업은 식량 공급이 핵심 역할이지만 사회에서 다양한 긍정적 가치를 창출합니다. 논은 빗물을 저장해 홍수를 예방하는 데 기여하고, 농작물은 광합성을 통해 우리 몸에 해로운 이산화탄소를 흡수하는 대신 산소를 방출합니다. 유기농법으로 경작된 논은 토양

을 건강하게 보존하면서 생물 다양성이 유지되도록 지구를 지켜줍
니다. 벼가 자라고 있는 여름 들녘의 푸른 논과 노랗게 익어가는 황
금들녘 논의 아름다운 풍경도 농업이 없다면 사라질지 모릅니다.

이렇게 농업의 공익적 가치를 누리는 많은 국민들이 이 마음을
공유할 수 있길 바라는 것, 그것이 농부의 마지막 자존심입니다. 함
께해 주는 이들이 있다면 농부들은 포기하지 않을 테니까요.

2023

겨울에 이삭을 보는 심란함

농한기가 찾아왔지만, 그렇다고 농촌의 일이 멈춘 것은 아닙니다. 수확한 곡식으로 겨우내 먹을 김장과 장아찌를 비롯한 절임 반찬을 만들고, 메주를 쑤고, 장을 담그면서 월동 준비에 여념이 없습니다. 들녘은 고요하지만 집 안은 메주콩 삶는 불 지피랴, 김장 배추 절이랴 바쁘게 움직이고 있습니다.

요즘은 절기의 흐름에 맞는 날씨를 가늠하기가 쉽지 않습니다. 11월 말에 서울, 경기, 강원도에 백십칠 년 만의 폭설이 내려 많은 피해가 발생했지요. 반면 이곳 들녘은 11월 중순까지 낮 기온이 이십 도를 유지했습니다.

이런 상황이 되니 추수를 마친 논 벼 그루터기에서 새싹이 올라와 온 들판이 다시 모내기를 한 것처럼 연초록의 논으로 물들여졌고, 얼마 지나지 않아 벼 이삭이 맺히는 기이한 현상도 보였습니다. 원래 이삭을 보면 반갑고 설레야 하지만 겨울에 벼 이삭을 지켜보고 있자니 마음이 복잡해지더군요. 벼들도 얼마나 혼란스러울까요.

지난달 처음 파종을 해본 밀 씨앗도 올겨울 날씨에 적응시키기가 쉽지 않았습니다. 씨앗을 뿌리고 일주일이 지나도 새싹이 나올 기미가 보이지 않기에 땅이 메말라 그럴 수 있을 것 같아 밀밭에 물을 뿌려주었습니다.

정성이 통했는지 물을 뿌린 후 이틀이 지나면서 새싹이 올라오기 시작했습니다. 하루하루 앞다투어 나오는 새싹들을 살피며 품종별로 어떤 변화가 있는지 날마다 관찰을 하고 있었는데, 일주일 후 때 아닌 겨울비가 엿새 동안이나 내렸습니다. 서울과 경기 그리고 강원도 일대에는 대설특보가 발효된 시점이었죠.

어린 시절 보리를 키울 때 어머니와 형님께서 비가 많이 내리는 날이면 비옷을 걸쳐 입고 보리밭으로 나가 삽과 괭이로 고랑을 더 깊게 파 배수가 잘되게 해주던 기억이 났습니다. 밀도 배수가 잘되지 않으면 뿌리가 썩어버릴 것 같아 저도 삽을 들고 비를 맞으며 밀밭의 고랑 끝자락 부분을 깊게 파고 배수로를 만들었습니다. 다행히 배수로 덕분인지 잘 버텨주어 지금은 다시 무럭무럭 자라고 있긴 합니다만, 겨울 날씨의 변덕이 어떨지 걱정스럽습니다.

밀은 무사히 살렸지만 살리지 못한 식물도 있습니다. 헤어리베치입니다. 논에 뿌리고 씨앗에서 싹을 틔운 것까지 확인했는데, 엿새 동안 내린 비에 논이 잠겨 대부분 뿌리가 썩어 죽어버렸는지 비가 그친 후 더 이상 헤어리베치의 생육을 확인할 수 없었습니다. 갈수록 이 일이 녹록지가 않음을 실감했지요.

미실란을 찾아주시는 학생, 교사, 마을활동가 등 다양한 분들과 함께 기후위기 속 농업 생태 환경의 다양한 이슈들을 꾸준히 이야기하고 있습니다. 진정으로 생태를 지키는 삶을 살 수 있도록 실천해 나가자고 다짐하면서 말이죠.

작년에 독일-프랑스 공영방송 아르테Arte에서 촬영했던 '한국의 아름다움'을 주제로 한 다큐멘터리에서 미실란의 발아현미와 쌀 이야기가 이번 달 유럽 7개국에 방영되었는데, 이 영상에서도 저는 기후위기 속에서 우리가 생명 다양성, 품종 다양성을 지켜가는 것이 중요하다고 강조했답니다.

2024년 12월, 아무도 상상한 적 없는 어두운 시국의 터널을 지나고 있지만, 우리가 함께 힘을 모아 현명하게 극복해 내리라 믿습니다. 곧 다가올 동짓날, 따뜻한 동지팥죽 드시며 한 해 나빴던 기억들 다 털어내시고 행복한 새해를 맞으셨으면 좋겠습니다.

2024

흙의 가치를 믿습니다

땅을 기름지게 해줄 자운영과 헤어리베치 씨앗을 뿌렸습니다. 카페 앞쪽 밭에 심어두었던 토란을 수확하는 일도 마쳤고, 그 자리에 다시 밀 씨앗을 파종했지요. 들녘에서 해야 할 겨울의 마지막 과업까지 모두 마치고 나니, 비로소 올해가 끝나가고 있음을 실감합니다.

수확이 끝난 뒤 헐벗은 들녘을 바라보면, 오히려 토양의 상태가 더 또렷하게 느껴집니다. 건강한 먹거리를 품고 키워준 땅에 고마움과 함께, 자연스레 더 겸손해집니다.

얼마 전 12월 5일은 유엔UN이 정한 '세계 토양의 날'이었습니다. 2012년 6월, 제144차 유엔 식량농업기구FAO 이사회에서 태국 정부가 '세계 토양의 날'과 '세계 토양의 해' 지정을 제안했고, 이후 2013년 11월 제68차 유엔 정기총회에서 12월 5일을 '세계 토양의 날'로 정하며 그 역사가 시작되었지요.

인간의 편의를 위해 사용해 온 수많은 약품들이 우리를 품어주는 대지를 얼마나 심각하게 훼손해 왔는지, 이제는 더 이상 외면하기 어렵습니다. 미생물이 살아 숨 쉬는 자연 그대로의 토양이 가진 힘을 존중하고, 그 가치를 다시 회복해 나가야 할 때입니다. '토양의 날'이 지구 시민 모두가 이 과업을 함께 고민해 보는 계기가 되길 바랍니다.

토양을 정성껏 돌보고 농부가 부지런히 땅을 살피더라도, 현장에서 해결하기 어려운 난제들이 점점 늘어나고 있는 것 또한 사실입니다. 여름철의 높은 고온과 늦가을까지 이어지는 강우가 추수 시기까지 영향을 주면서, 병해충이 늘고 알곡이 충분히 차지 못한 미등숙 벼가 많아지고 있습니다. 땅과 생명을 살리며 사람들의 건강한 밥상을 지키고 싶어 시작한 미실란의 이십 년도, 그만큼 시름이 깊어집니다.

알곡이 충분히 차지 못한 현미가 섞인 채 함께 발아하면, 미등숙 현미는 씨눈이 생명을 온전히 틔우지 못해 발아현미의 싹 부분이 회색이나 검은색으로 변하는 일이 생기기도 하지요. 어떤 고객님은 "썩은 것 아니냐"며 놀라서 전화를 주신 적도 있었습니다. 상황을 설명드리며 오해는 풀었지만, 올해도 기후가 우리에게 어떤 흔적을 남겼는지를 더 선명하게 실감하고 있습니다.

해마다 반복되는 고온과 잦은 비가 쌀의 품질에 영향을 주고 있다는 걱정에 마음 한편이 묵직합니다. 그래서 더더욱 선별과 품질

관리를 한층 더 꼼꼼히 하기 위해 최선을 다하고 있고요. 다만 유기농 발아현미는 본래 살아 있는 '생명'이기에, 공장에서 기계로 찍어내듯 언제나 같은 모습으로만 만들어낼 수 없다는 점도 함께 이해해 주셨으면 합니다.

이런 이유로 미실란은 더더욱, 농사를 짓는 마지막 순간까지 토양을 지키고 돌보는 유기농 작법을 이어가려 합니다. 토양이 건강해야 작물이 버틸 힘도 생기고, 변화하는 기후에 맞서 우리의 역할을 다할 수 있다고 믿기 때문입니다. 오늘도 한 톨의 생명을 위해, 땅을 돌보는 일을 멈추지 않겠습니다.

2025

책을 읽는 마음과 농사를 짓는 마음이 이토록 가까우니
서로의 입김이 닿아 섬진강 물안개를 만들고도 남겠지요.

책 떠나서 온 곳에 책방이라니

인생은 뜻대로 흘러가기도 하고 그렇지 않기도 하다. 2021년 1월 1일부터 서울에서 곡성으로 내려와 집필실 '달문의 마음'에서 읽고 쓰며, 이동현 대표를 농사 스승으로 모시고 살겠다는 것은 내 뜻이다.

그러나 2021년 12월 18일, '생태책방 들녘의 마음'을 이 대표와 함께 여는 것은 내가 전혀 예상 못한 전개였다. 시대물을 장편으로 많이 쓰는 소설가로 살다 보니 활자중독이란 직업병을 얻었다. 소설을 쓰기 위해 매일 사료와 논저를 읽는 것은 당연한 일이지만, 그 외에 쉴 때도 이런저런 책을 또 집어드는 것이다.

책상 위에도 책 소파 위에도 책 침대 옆에도 책을 두는 삶으로부터 벗어나보는 것이 곡성으로 내려오며 품은 바람이었다. 소설을 위해 읽는 책은 어쩔 수 없다 해도, 그 외엔 농사도 짓고 마을 일도 하고 산책도 다니면서 책으로부터 되도록 멀리 떨어져 지내고 싶었다.

그러나 소위 동네 책방 소멸 지역인 곡성의 마을활동가들은 다른 마음을 품고 있었다. 서울에서 소설가가 내려온다 하니, 그에게 책방을 열게 하면 어떨까. 2021년 봄과 여름, 마을활동가들이나 교사들을 만나면 꼭 책방이 없어서 아쉽다는 이야기가 나왔다.

결국 이동현 대표가 창고로 쓰던 교실 하나를 비우고, 내가 책들을 골라 추천사까지 곁들여 넣는 것으로 방향이 정해졌다. 진주문고 여태훈 대표님을 뵙고 곡성에서 책방을 하겠다는 말씀드렸을 때, 응원과 격려에 여러 도움도 주셨다. 그리고 어느새 사 년이 흘러갔다. 동네책방은 문을 열고 이 년이 고비라고 했는데, 무난히 첫 난관을 넘어선 셈이다. 2021년 12월 18일 책방을 열며 이 대표와 나는 이런 글을 함께 썼다.

'생태책방 들녘의 마음'을 열며

농부과학자 이동현과 마을소설가 김탁환은 2020년 여름부터 지금까지 전국을 돌며 50회가 넘는 강연을 했다. 김탁환이 쓴 『아름다움은 지키는 것이다』라는 책이 계기가 되었지만, 두 사람은 책에 얽매이지 않고 자유롭게 상상하며 독자들과 이야기를 나누었다.

2006년 5월, 남근숙, 이동현 부부가 전라남도 곡성군 섬진강로 2584에

세운 농업회사법인 ㈜미실란은 새로운 상상의 버팀목이자 활주로다. 십오 년이 넘도록 미실란은 지방 소멸, 농촌 소멸, 벼농사 소멸, 공동체 소멸에 맞서서 다양한 활동을 벌였다. 위기도 닥쳤지만 버티며 살아남았다.

강연을 오가는 길 위에서 이동현과 김탁환은 인생의 꿈을 각자 그렸다가 찢고 또 그렸다. 그림이 점점 닮아갔다. 생태책방은 그 꿈의 첫 결실이다.

책방의 핵심 주제를 '생태'로 정했다. 21세기에 대두된 기후위기와 전염병은 지구 전체의 문제이며, 그 문제를 해결할 책임이 인류에게 있다. 세상엔 좋은 책이 많겠지만, 생태와 이어진 책들을 우선 골라 갖췄다. 정치, 과학, 역사, 문학 등이 서로 곁을 내주며 놓였다. 지금까지의 상식이나 분류법이나 속력에 의존하지 않고, 섬진강 들녘에서 대대로 살아온 농부와 동식물의 몸짓에 어울리는 책을 모았다.

생태책방의 이름은 '들녘의 마음'이다. 들녘을 종종걸음으로 가로질러 책방으로 들어오는 당신과 책방을 나가 느릿느릿 들녘을 걸으며 책을 읽는 당신! 들녘에서 나고 자라고 죽어간 온갖 생물들을, 책과 함께 떠올려주었으면 좋겠다. 흙의 마음과 강의 마음과 산의 마음과 하늘의 마음이 그 속에 담겼다. 책을 읽는 마음과 농사를 짓는 마음이 이토록 가까우니, 서로의 입김이 닿아 섬진강 물안개를 만들고도 남겠다.

책방 문을 밀고 들어가 스스로 고른 책을 사서 품에 안고 나왔던 날을 기억하는가. 섬진강 들녘에서도 그 기쁨을 선물하기 위해, 작은 책방 하나를 오늘 가만히 연다.

2021년 12월 18일
김탁환과 이동현이 함께 쓰다

책방을 열고 나선 지금까지 한달음에 달려왔다. '생태책방 들녘의 마음'의 가치와 역할을 다시 되짚어볼 때가 온 것이다.

김탁환: 미실란 대표의 자리에서 '생태책방 들녘의 마음'을 보면 어떤 생각이 드십니까?

이동현: 농업회사법인이 기업 내부에 책방을 갖고 있는 경우는 거의 없지 않습니까? 도서관을 갖춘 곳은 간혹 있지만. 농업회사법인이라고 하면 생산 시설이 있고 텃밭 정도 있을 것이라고 예상을 하고 오시는데, 책방이 있으니 다들 놀라지요.
또한 미실란 직원들은 책방으로 인해 자부심을 갖습니다. 몸의 양식인 쌀부터 마음의 양식인 책까지 다 품고 있는 기업이 미실란이니까요.

김탁환: '생태'를 강조하여 아예 이름 자체를 '생태책방 들녘의 마음'으로 정한 것은 어찌 생각하십니까?

이동현: 우리가 함께 의논해서 정한 것이긴 하지만 매우 현명하고 감당이 가능한 선택이었다고 봅니다. 베스트셀러나 관광객들을 위한 책들을 위주로 책을 갖춘 것이 아니라, 생태를 고민하는 책들로 가득 찬 책방이니까요. 미실란이 이십 년 동안 걸어온 걸음걸음과 결이 같은 책방입니다. 미실란다움의 완성이란 생각도 들고요.
미실란을 창업해서 운영해 오며, 열심히 하긴 했지만 뭔가 빠진 부분이 있다는 느낌을 늘 받았었는데, 책방이 들어서

고 나니 비로소 빈틈 없이 꽉 차게 완성되었단 느낌을 받습
니다.

‘들녘의 마음’이 들어섬으로 인해, 미실란에서 경험하고 배우고
익히고 먹고 마시고 걷고 보는 것에 더하여 읽고 쓰는 일이 가능해
졌다. 이곳에서 배우고 익힌 내용과 미실란이 좋아하는 관점과 문
장들이 담긴 책들을 찬찬히 둘러보며 곧바로 살 수 있는 곳이 또한
생태책방인 것이다. 선순환의 시작이자 종착지가 아닐 수 없다.

독서 인구가 줄고 동네 책방들의 형편이 어려워지는 건 어제오
늘 일이 아니다. 그렇다고 속도전에 돌입하거나 덩치를 키우는 방
식은 전혀 고려하지 않고 있다. 책방에서 앞으로 몇 년간 주력할 부
분은 동네 사랑방으로 자리매김하는 것이다.

물론 곡성에는 작은 도서관도 여럿 있지만 마을 사람들이 편히
모이는 곳은 많으면 많을수록 좋다. 책을 사기 위해 오는 곳이 아
닌, 책을 징검다리 삼아 모여 고민을 나누고 다양한 활동을 벌이는
곳으로 자리를 잡을 예정이다.

밥 한 그릇으로부터
일하고 만나고 읽고 쓸 힘을 얻습니다.

밥 한 그릇의 지혜

미실란에서 행사를 시작하기 전 남근숙 이사가 종종 노래를 부른다. 그녀는 '섬진강 아름다운 사람들'이라는 노래동아리를 곡성에서 결성하여 매주 연습도 하고 가끔 공연도 다닌다. 미실란의 철학과 어울리기에 거듭 부르는 노래가 〈쌀 한 톨의 무게〉다.

원주에 있는 무위당 기념관에 다녀왔다. 무위당 학교에서 강연했던 적이 있는데, 코로나 기간이라 원주로 가진 못하고 줌으로만 수강생들을 만나 아쉬웠다. 강연장을 겸한 전시장 벽엔 무위당 장일순 선생님이 쓰고 그려 이웃들에게 선물한 서화가 전시되어 있었다. 동학의 낯익은 글귀들이 눈에 먼저 들어왔다. 반갑게 지나다가 멈춰 섰다.

세상의 무거운 멍에를 멘 자여 내게로 오라. 나에게서 위로를 받을 것이다.

「마태오 복음서」 11장 28절 말씀을 무위당 선생님이 옮긴 것인데, 『성경』마다 쓰는 단어가 조금 다르지만 그 뜻은 대동소이하다. 무위당 선생님은 원주를 독재 정권에 맞서 싸운 이들의 피난처이자, 생태와 영성의 문화판으로 만들고자 하셨다. 따라서 내겐 저 문장이 이렇게 읽혔다. '세상의 무거운 멍에를 멘 자여, 원주로 오십시오. 원주에서 위로를 받을 겁니다.'

미실란 창립 이십 주년을 기념하며, 나는 이 작은 회사의 정체성을 이렇게 적었다.

나를 돌보고, 들녘을 돌보고, 마을을 돌보고, 지구를 돌보는 기업, 미실란.

여기서 돌봄은 거창하고 막연한 구호가 아니라, 뭇 생명을 하나하나 주목하고 살피며 충분히 시간을 갖는 데서부터 시작하는 실천이다.

나 자신도 예외가 아니다. 내 마음은 어떠하고 내 몸은 어떠한지 파악한 다음에야 곁으로 나아갈 수 있다. 내 곁엔 논이 있고 밭이 있고 강이 있고 산이 있다. 그 논과 밭과 강과 산에는 사람은 아니지만, 수많은 생물이 생태계를 이루며 산다.

　농작물을 돌보는 것과 섬진강과 대황강 그리고 동악산을 비롯한 여러 산과 골짜기들을 돌보는 방식은 차이가 있다. 어디까지 다가 갈 수 있고 어디서부턴 개입하지 않아야 하는지, 매일 접하면서 고민한다.

　마을에서 돌볼 일들 역시 쌓여 있다. 이웃과 더불어 살기 위한 다양한 노력은 결국 서로를 돌보는 과정이다. 마을에는 꼭 지켜야 하는 것들과 바꾸어도 되는 것들과 바꿔야만 하는 것들이 있지 않은가. 곡성엔 유난히 백 년 이상 된 노거수들이 많다. 그 나무 아래를 오가던 노인들이 사는 집들 역시 대부분 낡고 오래되었다. 젊거나 어린 이들은 점점 줄어드는 추세다. 초고령 사회에서 지방 농촌 마을을 어떻게 돌보고 지키고 가꿔야 할까. 그 위에 지구별 차원에서 불어닥친 기후위기의 여러 문제가 얽힌다.

　이십 년 혹은 그 이상 고민하고 실천하며 살았으나 풀지 못한 문제가 아직 많다. 미실란의 다음 이십 년을 고민할 젊은 세대의 합류 역시 중요하다. 다행히 이 대표의 장남 이재혁이 곡성에서 대를 이어 농사를 지으면서 미실란 직원으로 근무 중이다. 어려서부터 생태농업을 몸으로 배우고 익혔을 뿐만 아니라, 농촌 소멸을 막고자 애쓰는 이들을 꾸준히 만나며 고민의 끈을 놓지 않은 덕분이다.

　오늘 아침에도 밥을 먹었다. 밥 한 그릇으로부터 논밭에서 일하고 생태책방에 근무하며 마을 사람들을 만나고 또 책을 읽고 글을 쓸 힘을 얻는다. 이때 밥은 쌀로 만든 음식에 그치는 것이 아니라, 나를 나로 살아가게 만드는 지혜의 모음이다. 그 지혜는 두 발을 땅에 딛고 산 이들의 삶에서 나왔다. 씨를 지키는 법, 물을 대는 법, 비와 햇볕을 기다리는 법, 뿌리와 줄기와 잎을 살피는 법, 곤충과 작은 동물들을 대하는 법, 열매를 거두어 보관하는 법, 함께 일하는 법, 홀로 농기구를 고치는 법 등이 그 안에 담겼다. 나는 아직 밥 한 그릇의 지혜를 열에 하나도 모른다. 열에 아홉을 차차 더 배우고 익힌다면 조금은 더 나은 사람으로 살 수 있을 것 같아 다행이다.

세상을 향해 이렇게 감히 권할 날을 꿈꾼다.

세상의 무거운 멍에를 멘 여러분, 곡성 섬진강 들녘 미실란 공동체로 오십시오. 이곳에서 우리는 당신을 위로하고 또 우리도 당신에게서 위로받을 것입니다.

여기서 강조하고 싶은 것은 섬진강 들녘과 마을들을 찾는 이들로부터 우리도 위로받는다는 사실이다. 이 대표와 내가 이 책을 함께 쓴 이유이기도 하겠다.

2026년 4월
달문의 마음에서
김탁환

우리의 인연으로 농사는 이야기가 되었고,
이야기는 사람과 마을을 잇는 다리가 되었습니다.

미실란 풍경

생태둠벙
논
생산공장
밭채의 마음
생태책방
들녘의 마음
밥카페
반飯하다
씨앗의 마음
밭
기업부설연구소
전라남도 곡성군 섬진강로 2584

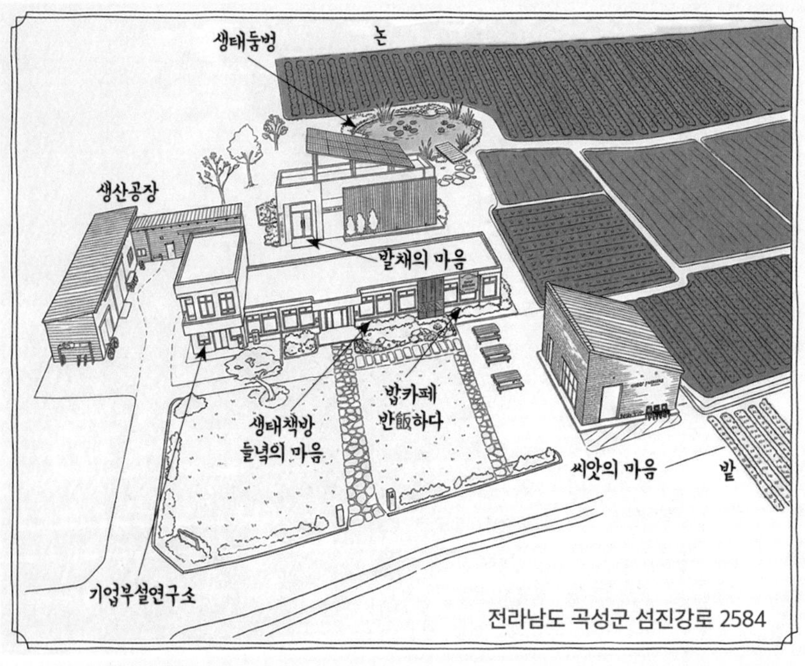

나를 돌보고, 들녘을 돌보고,
마을을 돌보고, 지구를 돌보다

사진 출처

69쪽 ⓒ 차인환
273쪽 ⓒ 서호영

모든 생명은 지키는 것이다

초판 1쇄 2026년 4월 20일

지은이 | 이동현 · 김탁환
펴낸이 | 송영석

편집장 | 박신애 **기획편집** | 최예은 · 이나연 **디자인** | 박윤정 · 유보람
마케팅 | 김유종 · 한승민 **관리** | 송우석 · 전지연 · 채경민

펴낸곳 | (株)해냄출판사
등록번호 | 제10-229호
등록일자 | 1988년 5월 11일(설립일자 | 1983년 6월 24일)

04042 서울시 마포구 잔다리로 30 해냄빌딩 5 · 6층
대표전화 | 326-1600 **팩스** | 326-1624
홈페이지 | www.hainaim.com

ISBN 979-11-6714-154-5